Taletober

Leyendas olvidadas

Patricia Pereira

Corrección de textos: Fernando Gómez - @fergomez_corrector
Portada e ilustraciones: Patricia Pereira - @patricia_pereira_escritora
Diseño y maquetación: Patricia Pereira - @patricia_pereira_escritora

Primera edición: Mayo de 2023

Los monstruos son reales y los fantasmas también. Viven dentro de nosotros y a veces ellos ganan. - Stephen King

Prólogo

El miedo siempre ha existido en la humanidad, y va cambiando de forma con el paso de los años y las generaciones. Es capaz de tener miles de formas diferentes, pero siempre comparte algo en común: ese escalofrío que recorre tu espalda, ese sudor frío que hiela tu cuerpo, ese nudo en la garganta que devora tus palabras.

Sin embargo, el miedo no siempre ha sido algo abstracto. Historias y cuentos tratan de pequeñas moralejas, cuyos protagonistas son los monstruos, para dar una enseñanza. Pero esos monstruos, siempre ignorados, nunca desaparecen, nunca se olvidan.

En estas treinta y una historias traigo fragmentos de esas leyendas que siempre vivirán en lo más oscuro de nuestro corazón, acechando, esperando.

¿Te atreves a seguir leyendo?

ÍNDICE

PASILLO

—Es imposible. Desde que se extendieron los rumores de que la casa está embrujada, nadie ha sido capaz de venderla —comentó Liam mientras se servía su tercera taza de café y aflojaba el nudo de la corbata.

—No son rumores —se quejó su compañero James cruzándose de brazos—. Yo lo vi. Es tan real como tú y yo. Me da igual la comisión por vender esa propiedad, no pienso volver a entrar allí.

—Sois unos críos… No son más que tonterías. Yo podría venderla con los ojos cerrados. —Rio la jefa del departamento tras escuchar los continuos quejidos de las últimas semanas—. Pero tengo demasiado papeleo, así que os dejo el trabajo sucio a vosotros.

—Sí, claro… Ya me gustaría verla vendiendo una casa donde los tres últimos dueños han aparecido muertos —farfulló Liam tan bajo que a su compañero le costó oírle.

Casi como si la mujer de tez oscura hubiese logrado escuchar sus palabras, se detuvo un instante antes de entrar a su despacho y dijo con voz ladina:

—Annie está de baja y me he tomado la molestia de asignarte todas sus visitas de hoy, Li. Tu agenda estaba vacía y no quería que te aburrieras.

El estruendo del portazo marcó el final de la conversación mientras el hombre fruncía el ceño y contenía un suspiro ante la risa nasal de su camarada.

Se aproximó con desgana a la mesa de su compañera y abrió su agenda. Sus ojos no tardaron en posarse sobre el nombre de la avenida de la última visita del día: av. Aibhill. Se le heló la sangre. Era la propiedad más antigua de la zona, y de la que no hacían más que expandirse rumores, cada uno más macabro que el anterior.

Al último dueño, su mujer le había encontrado ahorcado en el dormitorio. Los anteriores se intoxicaron por una fuga de gas una noche y jamás despertaron. Del primer propietario había muchas historias, aunque la versión oficial era que había fallecido por un fallo cardiorrespiratorio debido a su avanzada edad, no eran pocos los que afirmaban que, en realidad, había sido el resultado del presagio de una *banshee* que se asentaba en la casa.

Muchos decían que si te acercabas lo suficiente, no solo escuchabas sus gritos entre las sombras de la noche, sino que podías verla a través de los enormes ventanales. Siempre sollozando por el pasillo, que era el único lugar donde se aparecía. Liam observó el reloj digital, deslizó el dedo por la pequeña pantalla; una notificación mostraba que sus pulsaciones se habían incrementado solo de pensar en aquellas historias.

Casi había caído el sol y solo le quedaba una casa por enseñar. Le temblaron las manos mientras sacaba el manojo de llaves del bolsillo de su traje. La pareja de origen asiático parecía entusiasmada con la visita a la famosa casa encantada. Puede que fuera solo por el morbo y no tuvieran ninguna intención de comprarla, pero nada de lo que les dijera parecía disuadirles.

—Tenía que ser por la noche… —masculló Liam entre dientes, y la cerradura de la puerta gruñó al giro antes de ceder y permitirles el paso.

Comentó sin demasiado entusiasmo que la casa había sido reformada en dos ocasiones, dada la antigüedad de la construcción. Aunque los dos hombres que le seguían no parecían tener el más mínimo interés en sus palabras. Pasaban de una estancia a otra con rapidez; Liam no quería permanecer más tiempo del necesario en aquel lugar. Sentía escalofríos y tenía la sensación de que alguien no dejaba de observarle. Se aflojó el nudo de la corbata, aunque no era eso lo que le impedía respirar.

—¿Es cierto que murió gente en esta casa? —intervino de pronto el más alto de los clientes, clavando sus ojos en el rostro desconcertado del agente inmobiliario.

—¿Y qué hay gente que ha visto fantasmas aquí? —continuó el acompañante de oscuros ojos rasgados, demasiado animado.

El vello de su nuca se erizó al instante al escuchar aquella frase y dio por concluida la visita, pidiéndoles con bastante poca amabilidad que le acompañasen a la salida. Cuando ya tenía un pie mirando hacia la puerta, un agudo alarido le obligó a taparse los oídos, y dejó escapar un eco de dolor ante la atónica mirada de la pareja, que se extrañó ante su inesperada reacción. Liam creyó ver una sombra por el rabillo del ojo y se giró al instante, pero no había nada más que un extenso pasillo vacío antes de encontrarse con el portón principal. El grito cesó.

—¿Se encuentra bien? —dijo al fin el más alto del duo con tono de preocupación.

La respiración de Liam se había acelerado y le sudaban las manos. Estaba seguro de que no se lo había imaginado. Volteó para mirar a la cara a sus clientes, y su gesto se congeló mientras sus ojos se abrían como platos. Detrás de ellos, una escalofriante figura femenina con el rostro desencajado le miraba fijamente mientras le señalaba con su dedo índice.

—*Ban-banshee...* —balbuceó casi sin voz.

Un aterrador chillido hizo que los tres salieran despavoridos de la casa sin mirar atrás.

A la mañana siguiente, ninguno de sus compañeros creyó su historia y recibió una enorme reprimenda por parte de su jefa cuando se enteró de la denuncia que habían puesto los clientes.

El día parecía no tener fin, igual que la intensa lluvia que azotaba la ciudad; no había pegado ojo en toda la noche y había discutido con su mujer, que tampoco le quiso creer, y le acusó de haberse pasado bebiendo con sus compañeros, a pesar de que él lo negó.

Cuando todos se fueron a comer, Liam permaneció en su despacho y había llegado a dudar de lo que sus ojos habían visto. Su superior entró sin llamar a la puerta con una expresión pesarosa.

—Li... Me ha llamado tu madre. Es sobre tu mujer. Su coche...

—¿Sophie? ¿Qué ha pasado? —masculló recordando la disputa con su esposa y su móvil apagado en el bolsillo de su chaqueta.

—Se salió de la carretera... —Fue lo único que consiguió decir por la angustia—. Lo siento, Liam.

ALACENA

Se acercaba la hora de las brujas, y la joven aprendiz Bellatrix estaba preparándose para la ceremonia.

—Libro —dijo con voz firme, al tiempo que extendía el brazo y la marca con forma de media luna del dorso de su mano se iluminaba.

Un viejo tomo de páginas amarillentas se deslizó sobre la mesa de madera hasta quedar frente a ella. Con un suave giro de muñeca hizo que el libro se abriera y sus páginas pasaran hasta mostrar el encantamiento más complejo de su aprendizaje.

—Invocación… —murmuró Bellatrix nerviosa.

Inspiró hondo mientras caminaba hacia la alacena. Agarró un caldero pequeño y varios frascos de cristal con ingredientes que había recolectado durante sus clases. Los escogió con cuidado, al igual que la daga. Deslizó el pulgar sobre el filo y dejó escapar un quejido: estaba más afilada de lo que recordaba. Una gota de sangre brotó de su mano y cayó al suelo antes de que pudiera lamer la herida.

Su sangre era fundamental para llamar a una criatura mágica. Debía invocarla y después abatirla con sus poderes. Cuanto mayor fuera el ser, mejor sería el espectáculo para el aquelarre. Si no lo lograba, sus hermanas lo harían por ella, pero quedaría descalificada. Unos golpes en la puerta llamaron su atención: era la hora. Se puso su sombrero oscuro, a juego con su capa negra, y abrió la puerta con el caldero en la mano.

Todo el aquelarre esperaba impaciente al otro lado de la valla que delimitaba su jardín, liderado por la bruja principal y guardiana de las reliquias, Eda Hexide. Una hilera de velas que flotaban en el aire le indicaban el camino. Varias brujas preferían asistir el espectáculo desde el cielo, subidas en sus escobas. La aprendiz estaba cada vez más nerviosa; no esperaba tanto público.

Apenas una hora después, el mayor temor de Bellatrix se había cumplido. No había sido capaz de invocar nada, ni a la criatura mágica más pequeña de toda la tierra. Incluso en sus prácticas había conseguido invocar algún hada o duende de los bosques.

Se encerró en la cocina, a oscuras, mientras movía la mano con brusquedad, tirando al suelo todo lo que se encontraba en la mesa y las estanterías usando sus poderes. Se dejó caer al suelo, estrechando sus piernas con los brazos.

Tras sollozar un rato, un sonido le alertó; provenía de la alacena. Después de unos segundos en silencio, le pareció escuchar un gruñido mientras su cuerpo se tensaba. ¿Habrían entrado de nuevo los duendecillos del Bosque azul? Siempre que lo lograban, robaban y arrasaban todo a su paso. Las brujas los odiaban y era muy difícil atraparlos.

—*Ignis* —conjuró una pequeña bola de fuego que le permitía ver con claridad.

Se aproximó y escuchó algo que se arrastraba por el suelo. Abrió la puerta usando magia con un suave gesto de su mano. El gruñido se intensificó, y una sombra se movió con rapidez en el interior.

—*¡Parvum fulgur!* —Se iluminó de nuevo el sello de su mano, y un pequeño rayo se manifestó y salió disparado al interior del armario.

Se escuchó un chillido agudo y gemidos de dolor. La aprendiz se acercó, seguida por la bola de fuego flotante, y pudo contemplar una silueta que intentaba esconderse detrás de una cesta de mimbre. Para su sorpresa, se trataba de una cría de *Can Cerbero* que tendría apenas un par de meses: un monstruo con tres cabezas de perro. Aquella pequeña criatura parecía estar más asustada que ella.

Bellatrix vio la marca que había dejado la gota de sangre en el suelo y comprendió que la invocación había funcionado, aunque en el lugar equivocado. Usó un hechizo de levitación para atrapar al cachorro y sonrió.

Si lo llevaba ante el aquelarre y demostraba que había logrado realizar la invocación, le permitirían retomar el ritual y pasaría a ser una bruja de verdad. La criatura se agitó asustada mientras permanecía en el aire, indefensa. Sus tres cabezas le observaban desbordantes de terror.

En ese caso, tendría que acabar con la criatura para finalizar la ceremonia. Se acercó a la puerta mientras el llanto del Can Cerbero se intensificaba, entonces comenzó a dudar si debía seguir adelante o soltar a aquel ser y perder su oportunidad para siempre.

CERRADURA

La tormenta golpeaba cada vez con más fuerza el cristal de la ventana. Salí de la habitación a oscuras y caminé descalzo por el estrecho pasillo, aunque no sentía el frío de las baldosas.

Escuché cómo alguien bajaba corriendo las escaleras, pero cuando me asomé no vi a nadie, solo alcancé a oír una risa infantil en el piso inferior. Me resultó extraño: ningún niño había pisado el lugar desde que mi hermano menor se había ahogado en la piscina del jardín el año anterior. Descendí, y un estrepitoso sonido me sobresaltó. Alguien había cerrado la puerta del fondo de un portazo, aunque creo que fue el viento.

Intenté abrir, pero el portón blanco no cedía. Tal vez habían cerrado con llave: era el cuarto de mis padres. Apoyé la cabeza sobre la madera por si alcanzaba a escuchar algo al otro lado.

—¡Ah! —grité cuando un golpe me hizo retroceder hasta casi caer al suelo.

Otro impacto más fuerte le siguió, después otro más, sin cesar, como si alguien tratase desesperadamente de salir.

El fragor de un trueno me hizo salir corriendo hasta las escaleras. Busqué el interruptor para dar la luz, pero en lugar de encenderse, la bombilla estalló en mil pedazos. Chillé mientras me llevaba las manos a la cabeza, y los golpes en la puerta continuaban. Llamé a mis padres tan alto como pude, pero nadie respondió. De pronto se hizo el silencio, y escuché unos pasos que descendían las escaleras; me pareció ver una pequeña silueta.

Me armé de valor y llegué a la planta baja con las piernas temblorosas. Una conocida risa infantil me recibió.

—¿Haru? —pronuncié el nombre de mi hermano en voz alta.

Un relámpago iluminó tenuemente el recibidor, pero no había nadie. Me aproximé a la puerta principal, cerrada con llave. Golpeé con los puños y traté de tirar del pomo con todas mis fuerzas. Sin embargo, era imposible y el pánico empezaba a consumirme. Unos pasos a mi espalda me obligaron a detenerme; se acercaban cada vez más, pero el miedo me impedía dar la vuelta. Me sudaban las manos, tenía la boca seca y de mi garganta se negaba a salir ningún sonido. Estaba aterrado de que se tratase de un *yūrei* acechándome.

Un escalofrío me recorrió todo el cuerpo cuando sentí una gélida mano en mi espalda. Volteé lo más rápido que pude, aunque no logré ver a nadie. Me costaba cada vez más respirar en medio de aquella siniestra oscuridad.

Oí un llanto al otro lado de la puerta: parecía mi madre. Golpeé el portón más fuerte y grité con una desesperación que jamás había conocido. Ella no me escuchaba.

—¡Mamá! ¡Tengo miedo! ¡Ábreme por favor!

Por más que atizaba la puerta, nadie respondía mis súplicas. A través del hueco de la cerradura vislumbré un tenue rayo de luz. Aproximé mi rostro empapado por las lágrimas hasta que alcancé a ver al otro lado.

No solo mi madre: mi padre, mis tíos, toda mi familia se encontraba en aquella sala. Sin embargo, no fue eso lo que me impactó, sino el ataúd que había en el centro de la estancia.

—No puede ser… —farfullé temblando al reconocer el pequeño cuerpo del difunto.

—Llevo mucho tiempo esperándote —escuché una conocida voz detrás de mí.

PLAYA

No podía dejar de contemplar el océano. Estaba absorto recordando la silueta que días atrás le había salvado de morir ahogado tras el hundimiento del navío.

Recordaba su cabello largo y del color del sol, aunque no su rostro. Sin embargo, había algo más que le quitaba el sueño: no tenía piernas. Aquella criatura no era humana, no del todo al menos. No lo había soñado, ni se lo había imaginado. No se había vuelto loco, como aseguraban los habitantes del pueblo, y estaba dispuesto a demostrarlo.

Como cada atardecer esperaba en la orilla, pero pasaban los días, las semanas y no ocurría nada. Andaba perdido en sus pensamientos mientras el sol se ocultaba, sintiendo la arena entre los dedos de los pies cuando un silbido agudo le sacó del nirvana.

Se incorporó y caminó hasta que las olas chocaban en sus tobillos: el sonido venía del mar. Entrecerró los ojos y vislumbró algo en el agua. Parecía que alguien se ahogaba, y no dudó en echar a correr y zambullirse.

Nadó con todas sus fuerzas, pero la corriente era demasiado fuerte, y cada vez le costaba más mantenerse en la superficie. Sus ojos ardían por culpa de la sal, y ya ni siquiera lograba ver a la mujer a la que pretendía salvar.

Una ola arremetió contra el marinero y sus pulmones se quedaron sin aire. Todo se veía borroso, y solo logró distinguir una enorme figura monstruosa, tal vez el *Kraken* del que hablaban las leyendas. Algo se enroscó en su pie y tiró de él, y varias burbujas escaparon de su boca. Todo se volvió oscuro.

Notó una intensa presión en el pecho justo antes de empezar a escupir agua violentamente. La sal ardía y le costaba abrir los ojos. Cuando lo logró, su instinto empujó su mano hasta la daga que colgaba de su cintura. Casi sin darse cuenta la había agarrado con todas sus fuerzas y se disponía a clavarla en el abdomen de aquella bestia marina. Un agudo chillido recorrió la costa.

Fue entonces que percibió lo que acaba de suceder. No era un monstruo, al menos la mitad de su cuerpo no lo era. De cintura para abajo, unos gigantes tentáculos oscuros se retorcían de dolor y se arrastraban por la arena, dejando un fino rastro de sangre. En la parte superior era una hermosa mujer de cabellos dorados y ojos afilados, profundos como el mar. Su piel era blanca como la espuma que dejaban las olas a su paso. Era una *cecaelia*, también conocida como Bruja del mar.

Sus miradas se cruzaron, y pudo ver el temor que emanaba de ella. Se incorporó mientras la criatura se arrastraba por la arena, queriendo regresar al agua. La cecaelia gruñó de forma amenazadora cuando percibió que el hombre aún sostenía el arma afilada en su mano, y le golpeó con uno de sus tentáculos.

Al percatarse, él lanzó la daga al mar, y ella se detuvo para observarle, mientras su herida no dejaba de sangrar. El marinero elevó las manos despacio, en un intento de mostrar que no tenía intención de hacerle más daño, pero la criatura no confiaba en él y continuó hasta que el agua cubrió su cuerpo casi por completo.

—¡Perdóname! ¡No era mi intención herirte! ¡No te vayas!

Sus palabras se las llevó la brisa salada mientras ella desaparecía bajo las aguas. No iba a rendirse. Miró al horizonte y se prometió a sí mismo que acudiría cada día a la playa hasta ver a la hermosa cecaelia otra vez. Algo le decía que volvería a él, o eso quiso creer.

CECAELIA

Semilla

—Me encanta cuando me miras de esa forma. ¿En qué piensas? —susurró Fëanor mientras una arruga delataba su sonrisa—. *Melin tye*[1].

Las mejillas de la mujer se tiñeron de carmín, al tiempo que se acurrucaba bajo las sábanas y deslizaba las manos hasta rodear el cuerpo de su amado. En lugar de responder, recorrió la piel de porcelana de su cuello con sus candentes labios, bajando muy despacio, saboreando cada beso.

—¿Eso es que quieres más? —preguntó el elfo con voz ladina y una sonrisa hambrienta.

—¿Responde esto a tu pregunta? —contestó Mía, deslizando su mano entre las sábanas hasta llegar a su entrepierna, provocando que un gemido escapara de sus labios.

De pronto, sacó la mano y salió de la cama que habían improvisado en el granero, colocando una sábana sobre unos montones de paja. Se paseó desnuda ante su amante y se detuvo frente al montón de ropa que habían tirado unos minutos antes al suelo.

—No irás a dejarme aquí solo.

---

[1] *En élfico: Te amo.*

—Si tardo demasiado, empezarán a hacer preguntas, y sabes que no pueden vernos juntos… —comentó Mía con amargura—. Si descubrieran que te acuestas con una humana te desterrarán, lo sabes.

—Podríamos fugarnos.

La mujer, ya con su vestido azul oscuro, empezó a recogerse el pelo en una larga trenza pelirroja, fantaseando con aquel sueño imposible, pero no dijo una palabra. Fëanor tampoco añadió nada más, y no tardó en colocarse sus ropajes mientras su amada desaparecía en la oscuridad de la noche, sola, para evitar que pudieran verles juntos.

Lo que ninguno de los dos sabía era que unos ojos azules, con la mirada fría como el hielo, les había descubierto aquella noche de invierno, a pesar de que se encontraban lo más lejos posible del palacio del rey Eru.

Tras un par de semanas llegó la Fiesta de la Primavera, visto como un punto crucial del cambio dentro del año. El equinoccio de primavera representaba un tiempo de fertilidad entre los elfos. Danzaban al son de la música con adornos florales y alrededor de una gran hoguera, encendida por el fuego del templo de Corellon Larethian. Una vez terminado el ritual de bienvenida a la Primavera, la fiesta continuaba hasta que el viento apaga la hoguera sagrada.

Fëanor había quedado con Mía aquella noche bajo el puente que había cerca del granero, en el que acostumbraban a verse lejos de los ojos de los elfos, ya que los humanos tenían prohibido cruzar al otro lado.

Esperó una hora, después otra más, pero su amante no aparecía. Cuando estaba a punto de darse por vencido, una silueta femenina se acercó, pero sus orejas puntiagudas le confirmaron que no se trataba de Mía.

—Esa humana no vendrá, *tan*[2].

---

[2] *En élfico: Hermano.*

—¿Qué has hecho? —bramó Fëanor con ira y temor, al no obtener respuesta insistió elevando el tono—. ¡¿Dónde está?!

—*Tullen tye-rehtien*[3].

—Ná —negó su hermano afligido y rebosante de odio.

Los ojos de su hermana mayor se posaron sobre el castillo que se veía a lo lejos, y entonces comprendió que habían apresado a Mía. El castigo por tal despropósito para un humano como yacer con un elfo de la realeza estaba castigado con cadena perpetua. Y si descubrían lo que vendría en unos meses, el castigo sería la muerte. Fëanor estaba dispuesto a hacer lo que fuera para salvar a Mía, y a la semilla que crecía en su interior, fruto del amor prohibido.

---

[3] *En élfico: Estoy aquí para ayudarte.*

GRANATE

—Esto es muy aburrido, ¿no crees? —inquirió Jack mientras buscaba en los bolsillos de sus vaqueros el paquete de cigarros.

—¿Preferirías estar en clase? —Anna le dio un leve codazo—. Al menos nos hemos librado del examen. Además, este sitio no está tan mal.

Ambos se quedaron atrás mientras el resto del grupo continuaba la visita guiada liderada por dos profesores.

—Lo dices porque a ti te gustan estas cosas. —Se detuvo el muchacho frente a un expositor, sin prestarle demasiada atención, con ganas de llevarse aquel pitillo a los labios.

—Vamos… puede llegar a ser divertido. ¡Mira! ¿No son preciosas? —Señaló unas extrañas piedras que reposaban en el interior de la vitrina.

Un sonoro suspiro fue lo único que obtuvo como respuesta, aunque su atención se había posado sobre uno de los objetos expuestos: una roca de un llamativo tono granate, tan parecido al color de la sangre que el vello de su nuca se erizó. Era algo más grande que la palma de su mano, y parecía haber sido tallada simulando una silueta extraña que no logró reconocer, como algún tipo de demonio. La descripción

35

indicaba que lo usaban antiguamente para rituales de magia negra en los bosques del norte de Santa Cruz y en la región de los grandes lagos de Perú, para invocar a un espíritu maligno y caníbal llamado *Wendigo*.

Anne estuvo a punto de preguntarle a su compañero si había escuchado hablar de ello alguna vez, pero no estaba. Deshizo sus pasos, y le encontró escabulléndose por una de las salidas de emergencia con un cigarro en la mano. Lo dudó, pero al final decidió seguirle.

Recibieron una buena reprimenda por separarse del grupo, aunque eso no les impidió escaparse de nuevo en el descanso de una hora que les dieron antes de regresar al autobús de vuelta al instituto.

—¿Quieres hacer algo divertido? —Sonrió Jack con malicia al tiempo que se adentraban en el bosque los dos solos.

—Dime que no estás pensando en que nos enrollemos aquí en mitad de la nada cuando está a punto de anochecer…

El chico negó con la cabeza, y su sonrisa maliciosa se extendió. Se detuvo ante ella y sacó algo de la mochila tras comprobar que nadie les había seguido.

—¿Estás loco? —exclamó Anna mirando en todas direcciones—. ¿Lo has robado? ¡Escóndelo antes de que nos pillen!

—Como te gustan tanto estas cosas, pensé que podíamos intentar invocar al espíritu ese para reírnos un rato.

—No creo que debamos hacer eso… —respondió la muchacha con un hilo de voz, observando la roca granate y dando un paso atrás.

—¿Tienes miedo? Si es solo una piedra. Venga, anímate. ¿Qué puede pasar?

Al acercar el objeto a su novia, esta retrocedió y él no pudo contener la risa.

—¡Cuidado, que te puede morder! —rio al lanzar la piedra hacia ella y obligarla a cogerla antes de caer al suelo.

Anne trató de hacerlo, sus manos estaban sudadas y solo logró que se resbalase entre sus dedos, ya que pesaba mucho más de lo que había imaginado. Impactó contra el suelo, y la roca se partió en dos al instante, mientras sus rostros se congelaban en un gesto de terror.

—Lo-lo has roto… ¿Qué hacemos? —murmuró Jack.

—¿Yo lo he roto? ¡Lo has tirado tú! —Su cuerpo se tensó y se llevó las manos a la cabeza—. Ahora sí que estamos en un lío…

Los dos se sobrecogieron al sentir una gélida brisa y escuchar una especie de susurro que provenía de la parte más profunda del bosque.

—¿Tú también lo has oído?

—¿El qué? —mintió el muchacho forzando media sonrisa—. Será mejor que volvamos…

—¿Y la roca? ¿Y si hemos invocado al Wendigo? —le cortó ella con una inmensa preocupación.

—No tienen manera de saber que hemos sido nosotros. Y no digas tonterías, son historias inventadas…

—Pero tenemos que devolverla —reclamó Anna nerviosa mientras una ráfaga de viento chocaba contra ellos y el cielo se cubría de oscuras nubes con celeridad.

—Ni hablar. ¿Acaso quieres que nos expulsen?

Jack comenzó a caminar, dejando a la muchacha atrás mientras ella se debatía entre ir tras él y olvidar lo sucedido o devolver el artefacto, aunque estuviera roto, sabiendo que esto último tendría graves consecuencias. Miró los dos pedazos de piedra un instante y se fijó que un líquido oscuro parecía fluir de las partes que antes estaban unidas. Asustada, corrió tras su novio, pero no le encontró.

Gritó su nombre varias veces sin respuesta, y su corazón comenzó a acelerar. Empezó a desesperarse cuando se percató de que no lograba encontrar el camino de regreso y cada vez estaba todo más oscuro a su alrededor. La angustia no le dejaba casi respirar cuando asumió que se había perdido en mitad del bosque, y que el autobús escolar partiría sin ella, si no lo había hecho ya.

Dejó escapar un suspiro de alivio al reconocer la sudadera amarilla de su novio.

—¡Jack! Menos mal. Estaba muy asustada…

El resto de la frase se atascó en su garganta. El muchacho se había girado, y ella contempló con horror que sus ojos se habían vuelto blancos, y su piel parecía haber perdido todo su color hasta quedar de un gris sucio que le hizo estremecer. Anne retrocedió por instinto.

—¿Jack? ¿Qué te ocurre? —farfulló con un hilo de voz.

Él murmuró algo que la chica no alcanzó a escuchar, aunque no parecía que hablase con ella. De pronto, cayó a plomo al suelo y empezó a convulsionar mientras una extraña espuma surgía de su boca. Anne estaba tan aterrada que no logró reaccionar; quedó petrificada y solo se le ocurrió gritar pidiendo ayuda.

Nadie respondió a sus súplicas, y pasado un rato todo quedó en un silencio sepulcral que heló su sangre. El muchacho parecía que ya no se movía, y Anne entró en pánico. Se acercó temblando y percibió que él movía los labios. Se agachó hasta que alcanzó a entender la palabra que repetía una y una vez, cada vez un poco más alto.

—Hambre…

Sin que la chica tuviera tiempo para reaccionar, aquello que antes era Jack se abalanzó sobre ella y la tiró al suelo. En ese momento comprendió que estaba ante un monstruo. Sus dientes se habían vuelto afilados, no se veía el iris de sus ojos y unos extraños cuernos oscuros similares a los de un ciervo habían brotado de su cabeza. Se relamía con su lengua granate, cada vez más hambriento.

Ella gritó lo más alto que le permitieron sus pulmones, tratando de zafarse de la criatura. Sintió cómo aquellos dientes se clavaban en su carne y chilló aún más fuerte sin dejar de agitarse. Notó cómo se desgarraba y se desprendía la piel y la carne del cuello. Ya no conseguía gritar, y las lágrimas no le dejaban ver. Lo último que escuchó fue el masticar de aquel ser tenebroso en el que se había convertido su novio.

Colección

Sonreí complacido al contemplar mi última adquisición. Mi colección estaba casi completa. Siempre me había apasionado recopilar cosas únicas desde muy joven. Empecé con gusanos de seda, mariposas, cromos, huesos de pequeños animales y fósiles. Giré el bolígrafo que se encontraba sobre la mesa con extremo cuidado, hasta que estuvo perfectamente alineado con la hoja de papel.

Terminé de desayunar y me puse a leer el periódico que había recogido aquella misma mañana. El titular hacía referencia a otra desaparición de un hada joven en la comarca.

—Son tiempos peligrosos —comenté en voz alta, como si hubiera alguien que me escuchase.

Aquellos trofeos fueron solo el principio. Necesitaba cada vez más y más, mi sed era insaciable. Me volví más exigente y perfeccionista.

Estaba a punto de ponerme la camisa cuando vi una arruga que me obligó a detenerme en seco. La planché y me miré al espejo antes de decidirme a bajar al sótano, dispuesto a añadir una nueva pieza a mi colección.

La madera crujía bajo mis pies hasta que llegué a mi santuario: una sala insonorizada donde ocultaba mis tesoros. Varios pares de alas extendidas adornaban la pared del fondo mientras se escuchaba un grito ahogado y un sonido metálico. Eran de mis trofeos, mi debilidad: las hadas. Aquellos seres me habían obsesionado desde que era un niño, especialmente sus alas, lo hermosas y distintas que eran.

Me giré y observé la próxima pieza de mi colección. El mismo rostro que había visto en el periódico minutos antes, y aquellas alas traslúcidas tan perfectas que quería inmortalizar solo para mí.

—Es inútil resistirse —le dije con calma a la aterrorizada criatura—. Deberías estar agradecida. En breve formarás parte de mi obra de arte. No te preocupes, vivirás, solo quiero tus preciosas alas.

Ella intentaba gritar desesperada, pero una especie de bozal se lo impedía y las cadenas apenas le dejaban moverse.

Tenía todo el material preparado, todo debía ser perfecto. Agarré el cuchillo con decisión y lo aproximé con cuidado para cortar las alas sin dañarlas. Un golpe seco en las escaleras me detuvo y la puerta se abrió. Un enano seguido de una mujer cíclope aparecieron armados con hachas y espadas. También había un humano con un arco que apuntaba a mi cabeza.

—¡Suéltala! —gritaron al unísono de forma amenazadora.

—¿O qué? —Sonreí con vesania, esperé unos segundos y añadí desafiante colocando el cuchillo en el cuello del hada—. Si os acercáis, la mataré.

El enano aproximó su antorcha a la pared y mi sonrisa se desdibujó al instante.

—¡Quemaré todos tus malditos trofeos si no sueltas a nuestra amiga ahora mismo!

Me tembló el pulso, pero no solté el arma, al menos no hasta que la esquina de uno de los cuadros donde exponía las alas empezó a arder.

—¡No! —Empujé al hada y salí corriendo para apagar las llamas.

Aprovechando mi distracción, cortaron las cadenas y liberaron a mi prisionera.

La ira empezó a apoderarse de mí, comencé a gruñir y a sentir un intenso dolor por todo el cuerpo: estaba a punto de transformarme. Aquellos entrometidos no tenían la menor idea de lo peligroso que era cuando alcanzaba mi forma completa de licántropo.

PERGAMINO

—Es la hora —masculló con notable nerviosismo, al tiempo que sus trenzas oscuras se meneaban con cada paso que daba, hasta detenerse en medio del círculo pintado con tiza en el suelo.

Dentro había un pentagrama y varios símbolos que la muchacha, de diminutos aunque afilados colmillos, había visto en un grimorio y un viejo pergamino que habían pertenecido —según el vendedor ambulante— a un mago muy poderoso.

Las llamas de las velas negras eran lo único que iluminaba el ático en aquella fría noche de marzo. Blake no dejaba de morderse las uñas, estropeando el esmalte oscuro que las adornaba y que tanto contrastaba con su nívea piel. Estaba dispuesta a hacer lo que fuera necesario para vengarse de sus familiares que se llamaban a sí mismos *sangre pura*.

Se sentó en mitad del sello pintado, con cuidado de no borrar ninguna línea con su vestido gótico con volantes. Inspiró hondo y agarró un arcaico libro para abrirlo por la página donde descansaba una pluma negra a modo de marcapáginas. Entonces empezó el ritual.

Nada ocurrió. La joven asumió que había fallado en alguna palabra durante el proceso, ya que debía recitar aquellas frases en latín, y probó de nuevo, pero obtuvo el mismo resultado. Se incorporó enojada y maldiciendo en voz baja, se colocó el pijama y se quitó el maquillaje antes de acurrucarse bajo las sábanas, decepcionada.

—Magia negra… Vaya tontería —masculló justo antes de cerrar los ojos, aunque el jaleo le impedía conciliar el sueño. Ella y su padre, un humano, eran los únicos de la familia que necesitaban dormir y no precisaban beber sangre para mantenerse con vida.

Blake ya se había dormido cuando una especia de brisa apagó todas las velas de golpe, a pesar de que la ventana de su cuarto estaba cerrada.

A la mañana siguiente, la muchacha despertó con una extraña presión en el pecho. Abrió los ojos, y tardó unos segundos en comprender lo que estaba viendo.

—¡Ah! —Su agudo grito resonó en todo el cuarto al percibir que una extraña criatura con cuernos reposaba sobre ella y le observaba fijamente.

El pequeño ser alado con el cuerpo cubierto de escamas también se asustó y retrocedió hasta caerse de la cama. Blake lo perdió de vista y, cuando recobró el aliento, se asomó para comprobar si era real, pero no estaba. Entonces escuchó un extraño sonido bajo la cama, sin saber si eran gruñidos o un llanto raro.

Se armó de valor y se aproximó al borde del colchón con cuidado, se impulsó hasta quedar cabeza abajo y contemplar lo que había bajo el camastro.

—Es un… ¿Dragón?

La criatura salió con lentitud, casi parecía que tenía más miedo que ella.

—¿De dónde has salido? —inquirió Blake confusa, paseando la mirada por la habitación, verificando que tanto la puerta como la ventana continuaban cerradas.

El diminuto dragón se deslizó con rapidez hasta las marcas de tiza que había en el suelo y se sentó sobre ellas, meneando la cola y las alas oscuras con brío.

—No… ¡No! —reclamó la joven en voz alta, llevándose las manos a la cabeza—. ¿Tú eres la criatura demoniaca y peligrosa que traté de invocar anoche?

El dragón dejó de mover sus extremidades y agachó la cabeza. Estaba claro que no era lo que ella esperaba. Blake se dejó caer hacia atrás y aterrizó sobre el colchón.

—Yo quería un monstruo de verdad… —Se tapó la cara con la almohada—. Algo terrorífico para darles una lección a esos vampiros estirados que se creen superiores solo por no ser mestizos como yo…

La criatura escaló hasta la cama y mordió el cojín hasta que Blake lo soltó y se lanzó sobre ella, lamiéndole la cara con energía.

—¡Quita! ¡Para! —se quejó justo cuando una voz y unos leves golpes en la puerta sonaron.

Su padre le decía que el desayuno estaba listo y que se enfriaría si no se apresuraba.

—¡Enseguida bajo! —Saltó de la cama con rapidez y agarró uno de sus vestidos mientras añadía en voz baja—. Tú tienes que quedarte aquí hasta que vuelva. Tengo que pensar qué hacer contigo. No puede verte nadie, ¿entiendes?

Recibió otro lametazo como respuesta, y usó la manga de la prenda oscura para limpiar las babas de dragón de su rostro antes de disponerse a pintarse con la sombra de ojos negra y la máscara de pestañas.

Durante el desayuno apenas cruzó palabra con su padre hasta que su primo, por parte de madre, apareció y les saludó con un sonoro eco de desagrado:

—Solo los vampiros de verdad deberían de poder entrar en esta casa.

—Cállate, capullo —fue la respuesta de Blake.

Su primo sacó los colmillos ante ellos y ella hizo lo mismo, aunque sus caninos eran más pequeños.

—Basta —se escuchó una voz grave al fondo de la sala.

Vlad, el cabeza de familia, no toleraba disputas en su morada. No sentía ningún agrado por los humanos, y mucho menos por los mestizos, pero Blake era la viva imagen de su madre, la hermana que tanto amaba desde siempre, y había jurado mantenerla a salvo. Tampoco podía enviarla con los humanos: la considerarían un monstruo y no viviría para contarlo. Aunque tampoco era demasiado bien recibida entre los vampiros, al menos podía garantizar su supervivencia, por el momento.

—Ella es de la familia, te guste o no —declaró Vlad con voz firme.

—¡No lo es! ¡No es un vampiro de verdad! ¡No se merece estar entre nosotros, y ese maldito humano tampoco!

—¡No hables así de mi padre! —bramó Blake rebosante de ira, golpeando la mesa con los puños justo antes de levantarse, arrastrando la silla hacia atrás.

—¡Cierra la boca, mestiza! —clamó su primo incitándole a continuar la disputa—. No te quieren los humanos ni los vampiros. ¡Solo eres un engendro!

Antes de que Vlad tuviera tiempo de intervenir, una criatura alada se abalanzó contra el joven vampiro, lanzándolo contra la pared. El dragón que Blake había invocado estaba encolerizado, y un aura oscura le envolvía mientras su tamaño iba incrementando. Ahora triplicaba su magnitud y empezaba a salir humo de su boca.

—El fuego del averno —murmuró líder de los vampiros, dejando ver su preocupación, y observó a su sobrina, desconcertado—. ¿Tú has invocado a ese monstruo?

—No... ¿Sí? —dijo ella sobresaltada mientras su primo gritaba y trataba de zafarse del dragón, que seguía aumentando de tamaño—. ¡Antes no era tan grande! Solo quería darles un escarmiento a todos...

—Hija... ¿Por qué hiciste algo así?

Blake empujó a su padre hasta que llegaron al pasillo y le pidió que huyera para ponerse a salvo, pero él se negó.

—Por favor, papá, esto es muy peligroso.

—Ya perdí a tu madre... No pienso perderte a ti también —dijo el humano con dulzura al tiempo que le daba un cálido beso en la frente.

El resto de vampiros no tardó en aparecer tras escuchar los alaridos de uno de sus miembros siendo atacado. Se lanzaron contra la criatura, pero cuanto más le atacaban, más grande y fuerte se volvía.

El dragón había destrozado la sala de estar y la cocina debido a sus inmensas dimensiones, y una parte del pasillo estaba en llamas por el fuego que escupía de su boca.

—Solo tú puedes detenerlo, Blake —habló Vlad con severidad—. Tú lo has invocado, y solo te obedecerá a ti.

Todas las miradas escarlatas recayeron sobre ella, que no lograba dar crédito a lo que sucedía. Su primo gritó de nuevo. Un zarpazo del dragón le había arrancado la manga de la camisa y había logrado perforar su pálida piel, tiñéndola con sangre.

—Ese monstruo no parará hasta cumplir su cometido —insistió Vlad muy serio—. Se alimenta de tu ira y tu rencor hacia nosotros. Tienes que detenerlo antes de que nos mate a todos. Solo seguirá tus órdenes, sobrina.

Le sudaban las manos mientras observaba al gigantesco dragón, atacando sin descanso al vampiro que trataba de defenderse sin éxito. Blake miró a su padre con inmensa preocupación y se armó de valor para tratar de enmendar su error. Caminó, a pesar del temblor de sus piernas, hasta quedar a escasos metros de la criatura que había invocado.

—Espero que funcione… —murmuró aterrorizada. Hizo una pausa y alzó la voz con el tono más firme que pudo—. ¡Alto, dragón! ¡Te ordeno que te detengas!

La criatura soltó al vampiro y se giró hacia ella, pero sus ojos desprendían odio y furia. Gruñó y caminó hacia Blake despacio, relamiéndose, mientras varias llamas aún escapaban de su boca. Toda su familia contuvo el aliento.

JAULA

Hacía tiempo que se había rendido. Ya no intentaba escapar y asumió al fin que aquellos barrotes de metal serían su eterna prisión. Jamás podría volver a ser libre, recorrer los mares exhibiendo su hermosa cola de brillantes escamas y poder cantar. Ni tan siquiera articular la más mínima palabra. Un escalofrío recorrió su pequeño cuerpo al recordar el día en que cayó en aquella red y sus captores le arrancaron las cuerdas vocales para impedir que pudiera hipnotizarles con su canto de sirena y escapar.

Todos los días era exhibida en su diminuto y sucio acuario ante cientos de espectadores, que no dudaban en vaciar sus bolsillos para pagar la entrada de aquel *"Circo de los monstruos"*, como lo llamaban los humanos. Había otras criaturas, pero su jaula estaba separada del resto por su necesidad de estar en el agua, así que no tenía ningún contacto con ellas. Nunca se había sentido tan sola. Ya no quería vivir, y buscó cómo quitarse la vida en varias ocasiones, sin éxito.

Una mujer joven con unos enormes lazos en la cabeza se ocupaba de llevarle comida cada día, aunque hacía ya un par de lunas que se negaba a probar bocado.

—Necesitas comer algo, estás muy débil —comentó Mina, preocupada al percibir que la comida estaba tal cual la había traído el día anterior.

La sirena prefería morir de hambre a seguir siendo una atracción de feria para los humanos, y su única respuesta fue un amargo suspiro.

Aquella noche hacía más frío que de costumbre. La criatura marina apenas conseguía ya moverse y las escamas de su cola habían empezado a desprenderse, dejando un rastro de láminas ovaladas brillantes que los humanos aprovechaban para vender como amuletos mágicos.

Alguien o algo se coló en su celda aquella gélida madrugada. Solo logró ver una sombra que se acercaba a los barrotes, pero estaba tan débil que apenas podía moverse. La silueta se movía muy rápido entre las sombras, y sus ojos azules no eran capaces de seguirla. No tuvo miedo, ya todo le daba igual. Incluso llegó a sentir alivio si aquello significaba que iba a morir. Cerró los ojos y se dejó vencer por el agotamiento. Lo último que escuchó antes de perder el conocimiento fue una voz femenina que susurraba con calidez:

—No tengas miedo. Voy a sacarte de aquí.

Un conocido aroma salado le hizo abrir los ojos, pero no logró ver nada: era una luz tan intensa y cegadora que tuvo que cubrirse los ojos con la mano. Le sorprendió que no tenía grilletes alrededor de sus muñecas, y cuando logró enfocar la vista, se dio cuenta de que eran los rayos del sol lo que dificultaban su visión. Casi había olvidado aquella cálida sensación.

—Buenos días, princesa. Empezaba a pensar que no ibas a despertar nunca —dijo una voz que no le resultó desconocida, y que manejaba un carromato tirado por dos caballos blancos.

La criatura marina se hallaba en una caja de madera, su cuerpo seguía húmedo y tenía varios bidones con agua salada a su lado para poder remojarse.

—Una jaula no es lugar para una criatura tan bella como tú —continuó la mujer al percibir el desconcierto de la sirena—. La playa no está lejos. Sé que no es mucho, pero es lo único que puedo hacer por ti. Por cierto, me llamo Mina.

Sus ojos se llenaron de lágrimas al escuchar aquellas palabras. Jamás había soñado que podría volver a experimentar la libertad. Le dio igual no poder hablar, simplemente sonrió mientras sus mejillas seguían empapadas por las lágrimas. La mirada de agradecimiento y la sonrisa de la sirena era lo más hermoso que Mina había visto.

Llegó el momento de la despedida. La mujer llevó en volandas a la criatura por la arena hasta el mar. Justo cuando le llegaba el agua por los tobillos, una flecha atravesó su hombro izquierdo. Mina cayó de rodillas, sin soltar a la sirena, y un tono oscuro comenzó a teñir el agua que les rodeaba.

Varios hombres armados les habían estado siguiendo desde que Mina logró escapar del circo en mitad de la noche. La mujer apretó la mandíbula por el dolor y soltó con delicadeza a la sirena, que le dedicó una intensa mirada de preocupación.

—Nada todo lo lejos que puedas. Yo los entretendré —susurró tras arrancar bruscamente la flecha, la tiró al agua y desenfundó su espada con decisión.

EPITAFIO

—Papi, ¿por qué te vistes así?

—Porque vamos a ver a mamá y queremos estar muy guapos. ¿No quieres verte preciosa para tu madre, princesa? —preguntó John algo nervioso mientras se ajustaba el nudo de la corbata oscura.

La niña, con pequeñas alas blancas que había heredado de su madre, afirmó con ilusión y se puso a dar saltos sobre la cama de matrimonio mientras exclamaba enumerando sus vestidos favoritos, pero su padre no le estaba escuchando. Solo podía pensar en su mujer. Tan solo había empezado a vivir de verdad desde que la había conocido en aquel concierto de rock en la década de los noventa. Tres años después, la invitó a un concierto del mismo grupo y consiguió subir al escenario, ya que su hermano conocía al batería del grupo, donde le pidió matrimonio delante de cientos de personas.

Sus vidas dieron un vuelco cuando perdieron al primer bebé que esperaban, porque Asteria sufrió un grave accidente mientras volaba, que le dejó hospitalizada varias semanas. Desde aquel momento le aterraba volar y se negó a hacerlo durante su segundo embarazo.

Su hija siempre fue su mayor tesoro, su princesa, y por ello la llamaron Sara. Era muy miedosa desde bebé y su madre muy protectora, tal vez demasiado.

—Cada vez que tengas miedo o que me eches de menos porque no estemos juntas, mira al cielo y sabrás que siempre estaré contigo —le decía Asteria todas las noches antes de dormir tras contarle un cuento, mientras su padre les observaba con media sonrisa desde el marco de la puerta.

—Papá, ya estoy lista. —La dulce voz de Sara le sacó de sus pensamientos.

John se agachó para darle un beso en la frente y le tendió la mano para ir hacia el coche. No tardaron en llegar, y la pequeña salió corriendo en cuanto vio a su tío Henry para lanzarse a sus brazos.

—¿Tito, para quién son esas flores? —preguntó la niña rebosante de curiosidad.

—Para un ángel muy especial.

Caminaron los tres mientras el corazón de John se aceleraba. Siempre se ponía nervioso en su aniversario de bodas, pero ese año lo estaba más aún, y sentía una inmensa inquietud que le cortaba la respiración.

Se detuvieron frente a una gran losa de mármol rosa, con una hermosa estatua de un ángel tallada sobre ella.

—Mira al cielo y sabrás que siempre estaré contigo. —John trató de mantener la compostura mientras recitaba el epitafio en voz alta, al tiempo que las lágrimas mojaban sus mejillas y su hermano depositaba las rosas blancas en el suelo.

Eufonía

Aquel sonido volvió a despertarle en mitad de la noche. Una voz suave que recorría sus oídos, un canto que le hacía estremecer. «Es la voz de un ángel», pensaba él mientras salía en su búsqueda antes de la alborada.

Anduvo entre el boscaje hasta que aquella eufonía cesó, y se percató de que no tenía la menor idea de dónde se encontraba. Era la primera vez que veía esa parte del bosque y no estaba seguro de cómo volver. Caminó y caminó, pero cada vez se sentía más perdido.

El sol se hallaba en su punto más alto y se vio obligado a detenerse para descansar. Björn decidió cobijarse bajo la sombra de un ciprés. El cansancio ganó la batalla y quedó sumido en un profundo sueño.

La brisa mecía sus cabellos castaños y las hojas de los árboles. Alguien le observaba mientras dormía y, cuando percibió que el muchacho comenzaba a despertar, se escabulló entre los árboles con celeridad.

Lo único que oyó Björn fue un relincho lejano, y descubrió varias pisadas con forma de herradura en la tierra frente a él. Su mano se deslizó hacia el mango de su espada de manera instintiva y caminó siguiendo aquel rastro.

Se detuvo al encontrarse con un río que le cortaba el paso: el animal habría cruzado al otro lado con su jinete o habría continuado su camino por el agua para no dejar pisadas que pudieran delatar su camino. Björn asumió que lo más sensato sería seguir la corriente hasta llegar a alguna aldea, pero algo interrumpió sus pensamientos: aquel sonido angelical de nuevo, y esta vez más cerca que nunca. No iba a perder aquella oportunidad.

Dejó que sus oídos le guiasen por el bosque hasta que aquella canción se mezcló con el sonido de una enorme cascada, donde logró ver a una mujer que parecía estar lavando su larga melena con el agua que caía de entre las rocas. Se hallaba medio escondida detrás de unas piedras y solo podía ver parte de su torso desnudo. El joven se puso de puntillas y se apoyó sobre una rama mientras ella continuaba cantando, intentando alcanzar a ver su feminidad.

La madera cedió y Björn cayó al suelo, provocando un gran estruendo que no pasó desapercibido.

—¿Quién anda ahí? —exclamó la mujer asustada—. ¡Márchate!

—No te asustes, no voy a hacerte daño —dijo Björn mientras se incorporaba y sacudía el polvo de su ropa—. Solo te estaba escuchando cantar. Tienes una voz preciosa.

—¡No puedes estar aquí! ¡Vete!

—Déjame ver el rostro del ángel que lleva tantas lunas robándome el sueño —insistió él dando un paso al frente.

—¡No te acerques! No soy ningún ángel…

Björn escuchó las pisadas del caballo y temió que ella saliera huyendo sin darle la oportunidad de ver su rostro. Inspiró profundamente y hundió sus botas en el agua, decidido a impedírselo.

La sangre se congeló en sus venas cuando la vio. Era hermosa, con cabellos rojizos que se deslizaban empapando su cuerpo y cubriendo sus pechos. Sus ojos verdes parecían brillantes esmeraldas, pero no fue nada de eso lo que captó su atención, sino lo que encontró de cintura hacia abajo. Poseía el cuerpo y las patas de un gran caballo. Se trataba de una *centáuride*.

Ella retrocedió y agarró su arco. No dudó en coger una de sus fechas y apuntar al muchacho.

—Dilo. Soy un monstruo —gruñó golpeando el suelo con una de sus patas delanteras—. Ahora márchate antes de que te atraviese con una flecha.

Él continuó en silencio, con los ojos abiertos como platos.

—¡Que te vayas! ¡Ahora! —Tensó aún más la cuerda sin dejar de señalar hacia el muchacho.

—Eres…

—Una abominación, un monstruo. Lo sé. Todos los humanos decís lo mismo. Despreciáis a todos los seres diferentes a vosotros. Os creéis mejores y…

—Eres preciosa —habló Björn sin dejar de observar cada parte del cuerpo de la criatura, que quedó desconcertada ante su comentario.

Retrocedió y bajó su arma. Era la primera vez que un humano le decía algo así y no sabía cómo reaccionar. Le temblaba el pulso y no conseguía sostener su arco. Se asustó todavía más cuando el muchacho se aproximó de nuevo, y su instinto le impulsó a huir.

—¡Espera! ¡No te vayas! No te haré ningún daño. Lo juro. —Björn agarró su espada y la lanzó todo lo lejos que pudo.

Ella se detuvo un momento y le dedicó una mirada recelosa, dudando si marcharse o no.

—Me llamo Björn. —El humano se inclinó ligeramente y una enorme sonrisa se dibujó en su rostro—. Me encantaría saber tu nombre.

—¿No te doy miedo? —inquirió la centáuride arqueando una ceja.

—¿Por qué ibas a darme miedo?

—Los humanos siempre dicen que somos monstruos y llevan décadas dando caza a los míos, tratando de llevarnos a la extinción.

—No todos los humanos somos así —reclamó él con tristeza—. Estoy seguro de que…

—¡Björn! —se escuchó una grave voz a lo lejos que no le era desconocida al muchacho.

Ella retrocedió amedrentada. Ya era bastante peligroso que un humano le hubiera visto, no podía permitir que más de ellos le descubrieran.

—Es mi padre, me está buscando —esclareció él—. Debes irte. Yo le distraeré y no le diré nada a nadie sobre ti. Lo prometo.

Sin responder, ella dio media vuelta y se apresuró en alejarse mientras él no lograba apartar la mirada de aquella hermosa criatura. Se detuvo un instante y volteó la cabeza hasta que sus miradas se cruzaron.

—Me llamo Epona.

Después desapareció galopando a gran velocidad y sin mirar atrás.

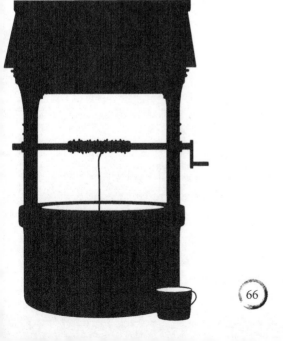

Fantasma

Sus padres le habían llevado a innumerables psicólogos infantiles, pero Laia siempre decía lo mismo: estaba harta y no se lo inventaba, su amigo Luka Bray existía de verdad. Su madre comenzaba a desesperarse porque su hija salía del colegio cada tarde y se iba con su amigo Luka, a quien nadie más había visto nunca. Ni los profesores ni el resto alumnos sabían de quién se trataba.

Cada vez que ellos le pedían a Laia que les presentase a su amigo, la pequeña se excusaba diciendo que Luka era bastante tímido y que por eso nunca se dejaba ver si había más personas delante. Aunque sí había descrito cómo era: delgado, moreno, con el pelo largo, ojos castaños y aparato dental. Pero nunca supo responder a la mayoría de las preguntas de sus padres: «¿Dónde vive? ¿A qué colegio va? ¿Quiénes son sus padres?». Solo sabía decir que él era su único amigo, cosa que no hacía más que incrementar la inquietud de sus progenitores.

Pasaron varias semanas y cada tarde Laia desaparecía tras salir de la escuela. Sus compañeros la veían alejarse sola por la avenida principal, pero ninguno sabía a dónde se dirigía o con quién.

Llegó el cumpleaños de la pequeña y aquella mañana estaba eufórica. Según ella, con diez años ya tendrían que considerarla mayor y dejar de tratarla como a una niña. Su madre se preocupó cuando Laia le dijo que quería celebrar su cumple con su amigo Luka cuando saliera del cole.

—Luka me prometió que me enseñará dónde vive, mamá —comentó la chiquilla con una sonrisa de oreja a oreja.

—De eso nada, señorita. —Su madre negó con la cabeza—. Esta tarde vienen tus tíos y tus primos a casa para celebrar tu cumpleaños.

Laia apretó los puños. Siempre ponían cualquier excusa para que no pudiera ir a ver a Luka.

—¡No es justo!

Indignada, arrastró la mochila por el suelo mientras se dirigía hacia la puerta. El autobús escolar no tardaría en llegar.

—¿Acaso no te hace ilusión ver a tus primos?

La niña se encogió de hombros al tiempo que agachaba la cabeza. Su madre se acercó y le colocó la cinta que adornaba una de sus trenzas castañas. Suspiró.

—Tengo una idea. Pregúntale a… tu amigo, cuál es la dirección. Te prometo que mañana te llevaré yo misma. Así de paso tendré unas palabras con sus padres.

No demasiado convencida, Laia asintió con la cabeza antes de que su madre le diera un sonoro beso en la mejilla y se despidiera.

Ya por la tarde, estaban terminando con los preparativos de la fiesta para cuando Laia regresara de clase, incluso habían invitado a varios compañeros de su clase que llegaron puntualmente al evento.

Casi una hora más tarde, los niños comenzaban a aburrirse porque Laia no aparecía. Aunque a su madre no le resultó tan extraño, no paraba de mirar el reloj a cada rato, y su padre no tardó en coger el coche para ir a buscarla.

Pasaron las horas y su madre, el resto de familiares y amigos se unieron a la búsqueda y avisaron a la policía de la desaparición. Recorrieron cada rincón del pueblo, cada parque, cada calle, la escuela… Pero la pequeña Laia no aparecía.

Cayó la noche y seguían sin el menor rastro de la niña. Su madre había entrado en pánico, y era su padre el que trataba de mantener la compostura y tranquilizarla, mientras la policía les indicaba con excesiva parsimonia que no podían poner una denuncia por desaparición hasta el día siguiente.

Una vez fuera de la comisaría, ambos se sorprendieron de que su vecina les estaba esperando fuera, en su BMW plateado, junto a su hijo menor, compañero de clase de Laia.

—Sé que es tarde, pero Brandon me dijo algo sobre vuestra hija que creo que podría ayudar.

Al parecer, la pequeña se había pasado todo el día en el colegio hablando sobre ir "al pozo", pero Brandon no había dicho nada porque no le había parecido importante. Regresaron corriendo para hablar con otro de los policías, pues solo había un pozo por aquella zona, a las afueras del pueblo. Uno de los agentes resultó ser padre de un alumno del mismo colegio al que acudía Laia y se ofreció voluntario para llevarles hasta allí.

A unos cuatro kilómetros, se desviaron por una vieja carretera de tierra hasta que se vieron obligados a detener el vehículo, ya que solo podían continuar a pie. Era una antigua granja abandonada, y detrás de ella había un pozo que corría el rumor desde hacía algunos años de que estaba maldito.

—No son más que historias que se inventaron para mantener a los críos alejados del lugar —comentó el hombre uniformado apuntando con la linterna de su móvil hacia el suelo para no tropezarse.

—¿Cómo van a venir hasta aquí unos niños? —intervino la madre bastante histérica—. Si esto está lejísimos.

No tardaron en llegar al pozo, que hacía años que no albergaba ni una gota de agua, y la preocupación de los tres aumentó cuando hallaron una cuerda amarrada a un árbol cercano, que se extendía hacia el interior del túnel. Parecía haberse partido, puede que debido a la fricción contra la roca.

—¡Laia! —empezó a gritar la madre con desesperación—. ¡Laia! ¿Estás ahí?

Apuntaron el resplandor de sus teléfonos hacia el fondo, pero era demasiado profundo y no lograron ver nada. El padre se deshizo de su chaqueta y tomó impulso con la intención de descender escalando, usando sus manos desnudas.

—¡Eso es una locura! —El policía trató de detenerle—. Debemos avisar a la central y esperar a que vengan los bomberos.

—¡Es mi hija! ¡No pienso quedarme de brazos cruzados si está ahí abajo!

Y haciendo caso omiso de las advertencias del agente, empezó el arriesgado descenso por las resbaladizas rocas cubiertas de musgo.

Le pareció una eternidad cuando casi alcanzó a ver el fondo, tras haber estado a punto de escurrirse y caer en varias ocasiones. Un horrible hedor inundó sus fosas nasales, una mezcla de moho y putrefacción que no supo identificar. Logró distinguir una pequeña silueta: aquellas trenzas oscuras eran inconfundibles.

—¡Está aquí! ¡Llamad a una ambulancia! ¡Y a los bomberos!

Cuando llegó abajo suspiró aliviado al percatarse de que su hija no parecía tener ninguna herida grave, pero se detuvo antes de cogerla en brazos, cuando se dio cuenta de lo que había a su lado. Un pequeño cuerpo inerte, en un muy avanzado estado de descomposición. Su ropa era similar a la de Laia, debía de haber sido un alumno de su mismo colegio, y tenía una pequeña chapa en la que se podía leer escrito con rotulador, aunque ya bastante borroso: Luka Bray.

DIVA

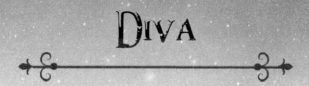

Aquella melodiosa voz de nuevo. La joven Mérida giró la cabeza en dirección a la torre de la cual provenía aquel canto que la hipnotizaba. Sentía la tentación de ir allí, pero el torreón estaba en mitad de un laberinto al que pocos se atrevían a entrar, pues se rumoreaba que estaba custodiado por un monstruo enorme con cuerpo humano y cabeza de toro. Solo pensarlo le hizo estremecer.

Pasaron varias lunas y su curiosidad solo fue en aumento, hasta que un día, mientras los primeros rayos del sol bañaban en tono dorado la estructura arbórea del laberinto, la guerrera de cabello oscuro y alborotado se armó de valor y se adentró en aquella trampa de la que no estaba segura si conseguiría salir. Fue precavida, y decidió atar el extremo de un cordel a la entrada y enganchó el ovillo en su cinturón; a medida que caminaba, el hilo se soltaba poco a poco, marcando el camino de vuelta.

Su abuela, la honorable anciana Helga, a la que muchos idolatraban por sus hazañas en batalla décadas atrás, le contó un secreto para no perderse nunca si alguna vez se veía encerrada en un laberinto. Debía posar una de sus manos en una de las paredes y caminar siempre en esa dirección, sin dejar de tocarla con las yemas de sus dedos. Mérida alzó la mano derecha hasta acariciar las hojas de la pared del laberinto y comenzó a caminar, siempre girando hacia la derecha y sin dejar que su mano se apartase de las paredes verdes. De esa forma, según su abuela, recorrería cada rincón sin repetir el mismo sitio ni una sola vez, y terminaría por hallar la salida antes o después. Ella pensó que podría llegar hasta la torre usando aquel método.

El sol estaba bastante alto, y Mérida continuaba andando sin llegar a lugar alguno. El miedo empezó a surcar sus venas, temiendo que aquel truco no funcionase y se hallase perdida. Una dulce voz le hizo sobresaltar; esa vez sonaba más cerca que nunca. Aquellas notas entonadas a la perfección le dieron las fuerzas que necesitaba para continuar, acelerando el paso con la intención de hallar al fin a la diva. El sonido era más alto y podía contemplar la torre a pocos metros, y solo les separaba algunas paredes más...

Se quedó pasmada cuando llegó al torreón. El musgo cubría gran parte de la roca, y era más alta de lo que esperaba. Se sorprendió bastante al no encontrar el más mínimo rastro del monstruo del que hablaban las leyendas, pero creyó que sería mejor así. Rodeó la base de la torre sin encontrar ninguna puerta ni ventana que le permitiera acceder a su interior. Solo había un balcón en la parte más alta, y no iba a rendirse después de haber llegado tan lejos.

—Menos mal que le robé unos pantalones a mi hermano —comentó en voz alta, buscando la forma menos peligrosa de iniciar la escalada—, sería imposible subir hasta allí con uno de mis vestidos.

No era la primera vez que escalaba una pared vertical. Siempre le habían gustado esas cosas que solo le permitían hacer a su hermano por el mero hecho de haber nacido varón. Ella adoraba montar a caballo, cazar, explorar el bosque, y era malísima en las tareas que le encomendaba su madre, como la cocina o la costura.

El viento golpeaba su rostro con más fuerza según alcanza más altura, y se detuvo un momento para sentir la brisa y recuperar el aliento, con las manos ya doloridas y enrojecidas. Escuchó otra vez aquel canto desde lo más alto, apenas a unos metros de Mérida. Inspiró hondo y recorrió con cautela la poca distancia que le separaba de aquel enigmático balcón. Dejó escapar un leve chillido cuando resbaló y quedó colgando durante unos instantes. Miró hacia abajo, y una extraña sensación recorrió su cuerpo: no le gustaban demasiado las alturas. Se sostuvo con firmeza y se impulsó con todas fuerzas al interior.

Mérida suspiró aliviada y permaneció sentada en el suelo unos segundos para recuperarse. Le ardían los brazos, pero todo el dolor se disipó cuando vio una sombra moviéndose en el interior de la torre mientras la voz continuaba entonando su canto.

La melodía se detuvo de pronto y la figura, antes tendida en el suelo sobre varios cojines coloridos, se incorporó dejando a la muchacha petrificada. Medía al menos dos metros de alto, era un hombre robusto con el torso descubierto. Sin embargo, no fue eso lo que le impactó, sino los enormes cuernos que sobresalían de su cabeza de toro.

—¿Cómo osas entrar aquí, humana? —bramó con una gruesa y grave voz que nada tenía que ver con la que entonaba la canción.

—¿Eras tú quien cantaba? —dijo Mérida casi en un susurro, al tiempo que daba un paso hacia atrás, pegando su cuerpo al borde del balcón.

El Minotauro ladeó la cabeza ante la inesperada respuesta de la joven. La observó con detenimiento; parecía más intrigada que asustada y eso le dejó confundido. Desprendía un intenso aroma a menta y jazmín. No olía como el resto de humanos que se habían adentrado en el laberinto, y aquello le hizo pasar desapercibida a su gran olfato.

—¿No te doy miedo?

Ella tragó saliva antes de negar con la cabeza.

—¿Debería temerte? —inquirió Mérida tratando de contener su nerviosismo.

—Mi cometido es acabar con los humanos que se atrevan a enfrentarse a mí.

—No he venido a enfrentarte —se defendió ella intentando echar aún más hacia atrás—. Solo quería… saber a quién pertenecía esa voz tan hermosa.

—¿Te gustó mi canción? —Cada vez se sentía más confuso y había algo en ella que le incitaba a querer descubrir más—. ¿Por eso has venido hasta aquí? ¿Por qué?

—Hace mucho tempo que te escucho cantar y… yo solo… Me gusta tu voz, es hermosa. Siempre pensé que era una elegante diva quien entonaba esas canciones.

—¿Te estás riendo de mí? —exclamó el minotauro enojado, sin comprender las intenciones de la joven—. ¿Crees que voy a creerme algo así? Solo quieres engañarme para que baje la guardia y entonces atacarme.

—No. De verdad que yo no…

—¿Crees que iba a dejarme engañar por un humano? —Alzó la voz y caminó con decisión hacia Mérida.

—Lo decía en serio. Yo… ¡Ah!

Ella chilló al sentir que caía hacia atrás por haberse inclinado demasiado. No cayó, quedó suspendida en el aire, y cuando miro hacia arriba descubrió que el minotauro la sostenía por uno de sus tobillos. Los ojos azules de la joven empezaron a llenarse de lágrimas.

—No me sueltes, por favor…

La criatura dudó. Sabía que su deber era acabar con los humanos, pero aquella muchacha le intrigaba demasiado, y era la única que se había atrevido a subir a la torre. Su mano tembló mientras la joven le miraba con los ojos suplicantes y llenos de lágrimas, entonces supo lo que tenía que hacer.

MUSLO

Elisa sabía que no debía estar en aquel lugar, que se metería en un lío, ya que el acceso a esa parte de la catedral estaba prohibido, pero necesitaba alejarse de la multitud. Sus amigos tardarían en echarle en falta: estarían haciendo infinidad de *selfies* del viaje para sus redes sociales y todo eso le estaba saturando demasiado. A ellos no les interesaba la arquitectura del sitio, ni el estilo gótico, ni los rosetones de aquel hermoso santuario situado en la pequeña isla de la Cité, rodeada por las aguas del río Sena.

Se encontraba en una de las torres. Se había agobiado tanto en el interior de la catedral, mientras trataba de admirar la belleza de los ventanales, cuando otro grupo de turistas no dejaba de hablar altísimo y varios bebés, que cargaban dos de ellos en sus brazos, lloraban sin cesar. Ella había salido disparada hacia el primer rincón apartado que había encontrado.

Ignorando un enorme cartel que indicaba que era un área solo para personal autorizado, continuó subiendo las escaleras, cada vez más lejos de todo el alboroto. Una vez en la cima, varias estoicas gárgolas parecían darle la bienvenida mientras los últimos rayos del sol persistían y se negaban a dar paso a la noche, dejando ver un cielo que daba la impresión de arder en llamas.

La mujer se sobresaltó cuando escuchó pasos a su espalda. Uno de los guardias de seguridad estaba haciendo su ronda, y ella no dudó en alejarse de las escaleras y ocultarse detrás de una de las estatuas de piedra.

Pasó un largo rato hasta que el anciano uniformado deshizo sus pasos mientras empezada a caer la noche. Estuvo hablando con todas y cada una de las gárgolas, casi como si estas pudieran escucharle, lo que obligó a Elisa a permanecer oculta todo aquel tiempo.

Una vez se aseguró de que estaba sola, salió de su escondite y vio en la pantalla de su teléfono varios mensajes de sus amigos. Suspiró y se apoyó sobre el muslo de la escultura mientras se disponía a responder.

Una especie de crujido le hizo sobresaltar. Miró en todas direcciones, pero no vio a nadie. Se escuchó de nuevo, más fuerte, y dio un brinco al ver varias grietas en el muslo de la gárgola sobre la que había estado sentada.

—¡Oh, no! ¡Se ha roto! —exclamó Elisa, asumiendo que era la responsable por haberse apoyado sin el más mínimo cuidado sobre la estatua—. ¿Qué hago ahora?

Su horror solo se incrementó cuando las grietas se extendieron con celeridad por toda la roca y algunos pedazos empezaron a desprenderse. Ella retrocedió alarmada.

Un escalofriante rugido surgió al mismo tiempo que la gárgola despertó de su letargo, dejando caer los trozos de sólida piedra que antes cubrían su cuerpo violáceo. Sus alas se desplegaron, y la mujer se asustó tanto que continuó retrocediendo hasta que chocó con una estacada de piedra en mal estado… Cedió, y le hizo caer hacia el vacío mientras gritaba. La gárgola no dudó en lanzarse a por ella. La atrapó con sus enormes garras y planeó hasta ponerla a salvo sobre uno de los tejados de los edificios cercanos a la catedral.

—¿Qué eres? —tartamudeó Elisa alejándose apavorada de la bestia que acababa de salvar su vida.

—Que poco agradecidos sois los humanos —gruñó la gárgola como respuesta mientras le daba la espalda, dispuesta a marcharse.

La mujer tardó varios segundos en reaccionar. Lo primero que pasó por su mente era que estaba soñando, pero todo parecía demasiado real como para estar dormida.

—¡Espera! —Se atrevió a decir—. Gracias por… por salvarme.

El prodigio alado le dedicó una mirada con sus ojos negros como el carbón que ella no supo interpretar. Lo meditó unos segundos, asintió con la cabeza y añadió:

—El deber de una gárgola siempre es proteger a los humanos. —Después extendió las alas, dispuesto a marcharse, pero algo se lo impidió.

—No te vayas, por favor… Yo no podré bajar sola de aquí, está demasiado alto. —Ella hizo una pausa y dio un paso hacia delante, a pesar del miedo que aún sentía, y extendió su mano—. Por cierto, me llamo Elisa. Tú… ¿Tienes nombre?

—Los humanos me llaman Goliath —respondió estrechando su mano con toda la delicadeza que pudo para no herirle con sus garras.

GÁRGOLA

ALETA

—Llevas toda la mañana mirando por la ventana, Skye —farfulló su marido malhumorado, como de costumbre, mientras avivaba el fuego de la chimenea.

—Sabes lo mucho que me gusta mirar el mar —murmuró la mujer acariciando sus largas trenzas oscuras.

«Ojalá pudiera decir en voz alta lo mucho que lo hecho de menos». Calló afligida.

Hacía más de cinco años que estaba presa en aquella isla, obligada a casarse con el estoico jefe de la aldea, Fergus, a cambio de protección. A los aldeanos no les hizo ninguna gracia que una forastera como ella se desposase con el líder. Hubo muchos rumores, pero Fergus se encargó de sellar los labios de todo aquel que tratase de difamar a su esposa, y nadie tuvo el coraje, después de aquello, de preguntar sobre el origen de la joven Skye.

Aquel era su más oscuro secreto, uno que ni siquiera su marido sabía. Le había prometido no hacer preguntas si accedía a enlazarse con él y servirle de por vida. No tuvo otra opción. Si hubieran sabido la verdad, no habrían dudado en acabar con su vida. Ella no había nacido siendo humana, sino en el fondo del mar. Una *selkie*, una foca con el poder de desprenderse de su piel y convertirse en humana. Así visitaba el mundo de los humanos. Al ponerse de nuevo su pelaje, regresaba al mar con los suyos, hasta que un día no pudo hacerlo. Su piel había desaparecido.

Pasó días buscando por toda la isla, sin éxito, hasta que varios aldeanos la acusaron de robar comida y la apresaron para llevarla ante su líder. Así conoció a Fergus. El castigo por hurto era cortarle uno de sus brazos, pero al ser forastera, exigieron su cabeza, sedientos de sangre. Ella no comprendía cómo los humanos podían ser tan crueles.

Pasó los años siguientes tratando de encontrar desesperada su pelaje para regresar a casa. Pasaron los inviernos, y cada vez se sentía más perdida. Terminó por asumir, muy a su pesar, que sería una eterna prisionera de aquel cuerpo humano, y esa verdad le consumía por dentro.

Con el paso del tiempo había dejado de ser una esposa: se había convertido en una esclava. Si no hacía lo que su marido le ordenaba, este le amenazaba con encerrarla de por vida en una jaula o dejar que los aldeanos la quemasen viva. Como criatura marina que era, odiaba el fuego por encima de todo y Fergus, que conocía aquella debilidad, no dudaba en usarla contra ella.

Un día, buscando más telas en su dormitorio para confeccionar una capa nueva para el invierno, pisó uno de los tablones del suelo y notó algo extraño. Lo golpeó con fuerza y el sonido hueco llamó su atención. Se agachó e inspeccionó la madera: varias tablas estaban sueltas justo al lado derecho del lecho que compartía con su marido, donde él siempre descansaba. Levantó las maderas y encontró un enorme cofre cerrado con llave. Buscó un hacha para forzar la gran caja. Al final cedió, y sus ojos se llenaron de lágrimas al descubrir lo que albergaba en su interior.

—Mi... Mi piel... —masculló entre sollozos.

—Debí quemarla hace mucho tiempo. —La grave voz de Fergus le sorprendió a su espalda.

Él sostenía en su mano el hacha que Skye había usado para abrir el cofre y que había dejado a un lado. Era silencioso, muy fuerte y no tenía ninguna compasión. Le arrebató el pelaje de sus manos con brusquedad y, cuando trató de impedírselo, le golpeó la cabeza con el mango del arma, cayendo ella al suelo. El humano caminó con decisión hacia la chimenea, y Skye se incorporó dolorida para ir tras él.

—¡No! ¡Por favor! ¡No lo hagas! —le imploró con ojos suplicantes.

Apuntó con el hacha hacia ella para que retrocediera y una enajenada sonrisa se pintó en su rostro.

—Sin esto, serás mía para siempre.

Nada más pronunciar aquellas palabras lanzó la piel de foca a las llamas.

—¡NO!

El grito de Skye resonó en cada rincón de la aldea. Desesperada, corrió hacia el fuego y salvar su pelaje, pero la mano de Fergus la sujetó con fuerza para impedírselo. Trató de zafarse de él mientras las lágrimas brotaban sin cesar de sus ojos oscuros. Logró alcanzar la daga que su marido llevaba en el cinturón y lo alzó hasta cortar su garganta.

Skye consiguió sacar su piel de la chimenea y trató de apagar las llamas tirándola al suelo. Estaba algo chamuscada, pero era posible que aún sirviera para volver. Fergus se desplomó junto a ella mientras la sangre salía a borbotones de su cuello, y aprovechó para huir con lo que quedaba de su pelaje entre las manos.

Corrió lo más rápido que alcanzaron sus piernas hasta que llegó a la orilla. Varios gritos a lo lejos le indicaron que habían encontrado el cadáver de su marido. Se deshizo de su vestido y se metió en el agua gélida mientras se cubría con su piel de foca medio quemada. Entró en pánico al darse cuenta de que aún no se había transformado a pesar de llevar varios segundos en el agua. Observó, horrorizaba, cómo varios guardias descendían la colina, armas en mano, al tiempo que una intensa lluvia comenzaba a caer.

Se adentró más y más en el mar, rogando poder transformarse, pero nada sucedía.

—Por favor… solo una vez más… —rogó y suplicó mientras las olas golpeaban su cuerpo y gritaba más alto cada vez, con la angustia y el miedo recorriendo sus venas—. ¡Por favor! ¡Quiero volver!

—¡Ahí está! ¡No dejéis que escape! —exclamó uno de los soldados ya con sus botas en el agua salada.

Un trueno sacudió el lugar y el mar se embraveció. Una ola gigante engulló a Skye, que seguía sin poder recuperar su forma original, y la arrastró mar adentro. Tampoco lograba llegar a la superficie y sus pulmones se quedaron sin aire, dejando escapar unas últimas burbujas de sus labios, mientras se hundía poco a poco. Abrazó el pelaje y cerró los ojos, agotada. Prefería morir ahogada que a manos de los humanos.

Cuando abrió los ojos ya no lograba ver sus piernas, sino una gran aleta. En realidad, media aleta. La otra parte había sido pasto de las llamas y, aunque tenía quemaduras por todo su cuerpo, no sentía el dolor. La selkie estaba tan feliz de recuperar su forma original y su libertad que el resto poco le importaba. Se alejó todo lo que pudo de la costa sin mirar atrás y se juró a sí misma que jamás volvería a desprenderse de su amada piel de foca.

SELKIE

MELODÍA

Blandió su espada en el aire y se dispuso a atacar a la bestia, pero fue mucho más rápida que él y esquivó el golpe para después arremeter contra el joven aprendiz. La hechicera Morgana, semi-ninfa, y con una enorme y jaspeada cola de serpiente, dibujó en su rostro una sonrisa victoriosa, al tiempo que sostenía la flauta de madera con firmeza. La acercó a sus labios de nuevo y la melodía surcó los oídos de la fiera de cuatro patas, que reaccionó al instante para lanzarse contra Sigurd, obligado a rodar por el suelo para evitar sus garras. Estaba exhausto y eso empezaba a ralentizar sus movimientos. La pantera rugió cuando él se levantó y logró lastimar su pata delantera con el filo de su espada.

—Es inútil, chico. Este será tu fin —declaró la fémina de tez blanquecina y ojos como la noche.

De nuevo posó el instrumento en sus labios y sopló moviendo los dedos sobre los distintos agujeros. La música era distinta: cuanto más rápido cambiaban las notas, con mayor celeridad se movía el animal bajo el hechizo.

De un zarpazo, la pantera le arrebató la espada a Sigurd, quien dejó escapar un gruñido de dolor mientras su brazo comenzaba a sangrar. Sin tiempo para contraatacar, la bestia se lanzó sobre él, haciéndole caer al suelo. No conseguía respirar con la pantera aplastando su pecho, y tampoco lograba alcanzar el puñal que tenía escondido en una de sus botas. La bestia clavó sus ojos hambrientos sobre su presa. Sigurd podía sentir su fétido aliento mientras observaba aterrado sus fauces, y la saliva resbalaba por sus colmillos hasta caer en su aterrorizado rostro.

—¿Tus últimas palabras? —inquirió la *equidna* con tono burlón, anunciando el fin de la melodía al tiempo que volvía a colocar la flauta sobre sus labios negros.

Las notas le indicaron a la bestia que devorase a Sigurd, pero una flecha voló hasta clavarse en uno de sus ojos, y la pantera se vio obligada a retroceder mientras gemía de dolor. El muchacho aprovechó para zafarse de ella y se alejó varios metros, mientras la bruja del pantano fruncía el ceño, molesta.

—¿Por qué has venido solo? —le reclamó su hermana entre enfurecida y preocupada—. ¡Por poco esa cosa te devora!

La joven de cabellos dorados apuntó a Morgana con su arco, pero esta no se inmutó, y Sigurd aprovechó para hacerse de nuevo con su espada mientras la pantera se colocaba frente a su dueña para defenderla.

—Una flecha fabricada por un mortal no puede matarme, niña.— Soltó una carcajada mientras meneaba su cola de serpiente—. Sois unos estúpidos si creéis que tenéis la más mínima oportunidad.

—Tienes razón —contestó Ingrid mientras su hermano se colocaba a su lado y mostraba una pequeña daga que parecía hecha de algún tipo de cristal—. Pero esto ha sido creado por el espíritu del bosque y por las hadas más poderosas de la región.

Varios aldeanos surgieron de entre los árboles y se unieron a los muchachos alzando sus espaldas y sus arcos.

Morgana torció el rostro clavando sus ojos en aquella arma de cristal que tenía el poder de arrebatarle su magia, y chasqueó la lengua al darse cuenta de que el juego acababa de comenzar.

TIZA

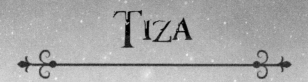

Al abrir la puerta para entrar en el aula, un borrador cayó sobre la cabeza de la muchacha, manchando su turbante con polvo blanco y levantando una extensa nube a su alrededor. Las risotadas de sus compañeros resonaron por toda la sala. La profesora alzó la voz para regañar a los estudiantes, pero estos continuaron con sus burlas.

—Es que no queremos convertirnos en piedra, señorita Sprout —rio una de las chicas de la última fila—. La culpa es suya por venir a esta escuela.

—¡Basta! —le cortó la profesora haciendo pinza con los dedos sobre el puente de la nariz—. Todos somos diferentes, y esta escuela se creó para aceptar a todas y cada de las criaturas sin juzgarlas. Da igual su especie o su origen.

Cada día se repetía lo mismo, una y otra vez, desde que quedó huérfana y tuvo que mudarse a aquel colegio, lejos de sus amigos y todo aquello que le importaba. Recibió permiso para abandonar el aula unos minutos. Bell caminó arrastrando los pies por el pasillo hasta llegar a los baños. Se encerró en uno de los cubículos y desenrolló la tela que cubría su cabeza para limpiar las manchas de tiza. Las serpientes que tenía como cabello se agitaron con rabia mientras ella trataba de contener las lágrimas.

Se decía a sí misma que aquellos ataques constantes por parte de sus compañeros no eran más que su forma de demostrar el temor que sentían hacia ella y su maldito poder para convertir a cualquiera en piedra si miraban directamente las serpientes que cubrían su cabeza. A pesar de que no era la única criatura mágica que estudiaba en aquel lugar, no lograba encontrar su sitio y hacía tiempo que había dejado de intentarlo.

De regreso a su clase, un temblor en el suelo le hizo sobresaltar. Los graznidos de decenas de cuervos se colaron por las ventanas mientras los animales levantaban el vuelo al unísono, como si estuvieran huyendo de algo. Otro temblor más fuerte sacudió la escuela, y varios profesores salieron de sus aulas con expresión de preocupación en sus rostros.

Dieron las alarmas y enviaron a todos los alumnos al gran comedor. Había rumores sobre monstruos atacando los alrededores de la escuela.

—A lo mejor son parientes de Bell —murmuró uno de los estudiantes mientras señalaba a la muchacha que se mantenía en un rincón, alejada del resto.

Todos rieron ante su comentario mientras se pasaban el vídeo que habrían grabado por la mañana con sus móviles los unos a los otros: se podía ver el borrador de la pizarra golpeando la cabeza cubierta de la gorgona.

Al poco rato, varios quejidos y exclamaciones inundaron la gigantesca estancia. La conexión a internet había caído y los alumnos comenzaron a ponerse nerviosos de verdad. Varios de los profesores trataron de hacerles mantener la calma, pero cuanto más tiempo pasaban encerrados, más difícil les resultaba, y los intentos temblores que sacudían todo el castillo solo empeoraban la situación.

Bell se abrió paso entre la multitud ya entrada la noche, mientras el resto se aglomeraba al final del salón esperando recibir algo de cena que habían logrado traer de las cocinas.

—Señorita Sprout, ¿qué está ocurriendo ahí fuera? —quiso saber.

Su profesora, con los ojos ocultos bajo unas gruesas gafas, forzó media sonrisa y le insistió para que volviera a su sitio y se mantuviera tranquila, que todo iría bien.

—No somos estúpidos, señorita. Todos saben que pasa algo grave. —Bell no se dio por vencida, pero algo le interrumpió.

—¡Ha caído! —se escuchó la alterada voz del profesor de Matemáticas al otro lado del portón principal—. ¡La barrera ha caído! ¡Tenemos que evacuar a todo el mundo!

El pánico se extendió entre los estudiantes y comenzaron a correr despavoridos de un lado a otro, gritando y empujándose entre ellos. Una voz grave que se intensificó a través de un megáfono logró detener aquel caos.

—¡Silencio! Escuchad atentamente: esto no es un simulacro. Es necesario que todos mantengamos la calma. Haced filas de uno y seguid a vuestros prefectos en silencio y con la mayor calma posible. Vamos a sacaros a todos de aquí por los túneles de emergencia que se ocultan bajo el castillo. —Hizo una breve pausa mientras todas las miradas se centraban en él, y el director añadió con pesadumbre—. Lamento comunicaros que la escuela procederá a su cierre por tiempo indeterminado.

Bell fue empujada por sus compañeros hasta quedar al final de la fila. Siguieron en silencio las instrucciones de sus prefectos y profesores mientras se escabullían bajo tierra, dejando la escuela atrás. Los túneles eran bastante amplios, pero la escasez de luz hacía que su avance se ralentizase.

Su clase había sido la última en abandonar el gran comedor, ya que habían dado prioridad a los alumnos más jóvenes y, por tanto, más vulnerables a cualquier ataque. Apenas les quedaban unas semanas para graduarse, y lo último que había pasado por sus cabezas era tener que abandonar todo de aquella manera tan inesperada. Se sentían confusos, pues nadie les quería contar lo que estaba sucediendo en la superficie, y el temor se iba apoderando de ellos.

Una explosión a sus espaldas les alertó a todos y se tiraron al suelo mientras las paredes del túnel vibraban.

—¡Vamos! ¡Rápido, por aquí! —exclamó la profesora Sprout.

La profesora se quedó atrás y alzó sus manos mientras pronunciaba un encantamiento de protección. Una barrera no tardó en levantarse ante ella mientras unas siluetas se aproximaban. Bell las observó por el rabillo del ojo y su cuerpo se congeló por el miedo, no era capaz de seguir al resto de sus compañeros que ni se percataron de que no estaba con ellos. Las sombras se iban haciendo cada vez más grandes y se detuvieron apenas a unos metros. Todo quedó en un silencio perturbador que anunciaba el inicio de una batalla.

Las sombras eran extrañas, parecían flotar sin un cuerpo físico, pero a pesar de ello resultaron increíblemente poderosas. Una de ellas se aproximó mientras se transformaba en una inmensa bola de energía. Golpeó la barrera, que aguantó, pero se llenó de grietas por todos lados. Una gota de sudor resbaló por la frente de su profesora mientras Bell continuaba inmóvil cual estatua.

Un segundo ataque destrozó el conjuro de protección y la profesora salió despedida hasta que su cuerpo chocó contra la pared. En ese momento, la muchacha logró reaccionar y corrió hacia ella.

—¡Señorita Sprout! ¡Despierte! —Bell zarandeó su cuerpo desvanecido mientras su corazón latía tan fuerte que parecía que iba a salirse de su pecho.

Las sombras se acercaban hacia ellas y la estudiante casi ni podía respirar, hasta que una idea cruzó su mente. Se incorporó como pudo, le temblaban las piernas, pero eso no le detuvo. Alzó el brazo y tiró de la tela que cubría su cabeza mientras unos sonidos de cascabeles se intensificaban a su alrededor. Unos chillidos extraños surgieron de sus enemigos que empezaron a materializarse y convertirse en estatuas de piedra.

No quedó ni uno solo sin petrificar. A la *gorgona* le costaba creer lo que veían sus ojos. Era la primera vez que se sentía orgullosa de su poder.

Manicomio

Yamato Tsukino volvía a casa con más cervezas dentro de lo que su cuerpo podía soportar. A duras penas logró subir las escaleras y solo consiguió encajar la llave en la cerradura al séptimo intento. La casa vacía le recibió con un silencio abrumador que él no tardó en romper al trastabillar en mitad del pasillo. La foto de su prometida descansaba en el altar, aunque cubierta de polvo. Se dejó caer en el suelo, sin tan siquiera extender el futón. Todo le daba vueltas y amargos recuerdos nublaban su mente.

—¡Basta! ¡Cállate! —gritó llevándose las manos a la cabeza.

Seguía escuchando la voz de Yuuki, a pesar de que ella hacía tiempo que había dejado de estar entre los vivos. Los médicos le dijeron que aquellas voces y visiones solo eran producidas por el estrés postraumático y que con el tiempo desaparecerían, pero no fue así. Cada vez le sucedía con más frecuencia. Allí donde miraba estaba ella.

—Nunca debí dejarte subir a aquel coche… —continuó hablando el hombre en voz alta, como si alguien pudiese escucharle en plena madrugada.

Al final, el cansancio le venció cuando sus párpados estaban ya hinchados de tanto llorar. A la mañana siguiente, se presentó en la oficina con una resaca monumental, y su compañero Takeru aprovechó para llevarle a tomar un café.

—Tienes mala cara, Yamato. ¿Volviste a salir anoche? —Le tendió un enorme vaso de café y se sentaron en una mesa junto a la ventana.

Separó los labios para responder, pero no pudo; su respiración se cortó de golpe cuando vio algo detrás de su compañero. Una especie de sombra con forma humana y unos extraños ojos afilados que se clavaron en los suyos. Un ligero golpe en la frente le obligó a regresar y la presencia se desvaneció tan rápido como había llegado.

—¿Estás bien? Te pusiste pálido de repente…

—¿Lo has visto? —inquirió Yamato inquieto, mientras sus ojos castaños recorrían cada rincón de la cafetería.

—¿Ver qué? —Takeru ladeó la cabeza entre confundido y preocupado.

—Esa cosa… —Señaló detrás de su camarada, pero no había nada—. Estaba ahí. Es lo mismo que vi ese día en el coche junto a Yuuki antes de… Antes de…

Le temblaba la voz y se tapó los oídos mientras escuchaba la voz de su prometida. Aunque nadie más parecía escucharla.

—Déjame… ¡Sal de mi cabeza!

Yamato empezó a dar tirones de su pelo mientras con la otra mano buscaba en su bolsillo un bote cilíndrico lleno de pastillas diminutas.

—Déjame que te ayude, amigo. Tranquilo. Todo va a salir bien.

En su intento por ayudarle, Takeru terminó derramando el contenido del bote por el suelo y Yamato se puso histérico. Tal fue su reacción que lanzó la bandeja con las tazas contra la pared, haciéndolas añicos ante las miradas confundidas y aterradas de los demás comensales.

Después echó a correr dejando atrás la cafetería y desapareció calle abajo.

Pasado un rato, se sentó en un oxidado columpio. Todo estaba vacío, y las nubes oscuras amenazan tormenta.

—*Tienes que dejar de hacer eso* —comentó Yuuki mientras se impulsaba en el asiento de al lado.

—¿Por qué sigues aquí atormentándome? —respondió él agotado, bajando la vista al suelo mientras las primeras gotas empezaban a caer sobre él.

—*Eres tú el que no me deja marchar. Sabes que solo existo dentro de tu cabeza.* —Sonrió ella.

—No me lo imaginé, ¿verdad? Esa cosa estaba detrás de Takeru. Y era la misma que vi ese día en tu coche, antes de que tú te…

—*¿Antes de que ese camión se saliera de su carril y se estrellase contra mi coche mientras tú lo veías todo a pocos metros de distancia? ¿Mientras no podías hacer nada por evitarlo?*

Aquel recuerdo le revolvió el cuerpo y se tapó la boca con la mano, sintiendo el café subiendo por su garganta. El cuerpo demacrado de su prometida, la sangre… Cómo los bomberos tuvieron que usar sierras y otras herramientas pesadas para liberar el cadáver demacrado de Yuuki…

—*Sí, lo viste. Era un Shinigami* —continuó ella.

—No pude salvarte… Tú no merecías acabar así. Era yo quien debía de estar dentro de aquel coche.

La gente que caminaba a toda prisa para resguardarse de la lluvia solo lograba ver a un hombre hablando solo, pero no le importaba, ya no. Estaba demasiado cansado.

—¡Yamato! —La voz de Takeru le sobresaltó a lo lejos.

Miró de nuevo al otro columpio, pero ya no había nadie. Su compañero se acercó y le ofreció un paraguas que aceptó con desgana; estaba calado hasta los huesos de todas formas. Caminaron juntos hasta su casa, pero no cruzaron una sola palabra en todo el trayecto.

—Oye, Yamato-kun —comentó su amigo antes de que le cerrase la puerta en las narices—, creo que te vendría bien hablar con Suzumi. Ya sabes, ella tiene muchos pacientes que han pasado por cosas similares y…

—¿Pacientes? ¿Es eso lo que todos me consideran ahora? ¿Un enfermo? —clamó furioso sin comprender las palabras de Takeru— ¿Qué será lo siguiente? ¿Meterme en un manicomio?

—Cálmate. —Levantó las manos en señal de rendición—. No quería decir eso. Es solo que… pareces agotado, y a lo mejor mi mujer puede ayudarte o recomendarte algo que te ayude a conciliar el sueño…

—No necesito ayuda —murmuró agotado, llevándose una mano a la cabeza, conteniendo un suspiro.

—Sé que no quieres escuchar esto, pero creo que te vendría bien.

—¿Bien? —Apretó los puños con fuerza y golpeó la puerta, provocando un estruendo hueco que hizo dar un respingo a Takeru, y alzó la voz—. ¡Deja de fingir que te importo! ¡A nadie le importa lo que me ocurre! ¡A nadie le importó nunca lo que le ocurrió a Yuuki! ¡A NADIE!

—Eso no es cierto, sabes que me preocupo de verdad…

—¡MENTIRA! —chilló exasperado, y en ese momento le pareció ver de nuevo aquella figura oscura detrás de Takeru, como una sombra que le observaba fijamente.

Cerró de un portazo y corrió para encerrarse en el baño.

—No es real. No es real… —repetía en voz alta como si se tratase de un mantra.

Su compañero continuó llamando a la puerta, pero Yamato no lograba escuchar nada más allá de su voz.

A la mañana siguiente llegó puntual al trabajo, como de costumbre, con unas grandes ojeras adornando su cara, y se extrañó cuando el escritorio de Takeru lo halló vacío. Nunca había llegado tarde al trabajo, pero se negó a darle importancia tras la discusión del día anterior.

Un escalofrío recorrió su espalda cuando sintió un gélido aliento en su nuca. Se dio la vuelta con rapidez, aunque no logró ver a nadie. En ese momento fue llamado al despacho de su jefa.

Una vez allí, nervioso, empezó a mordisquear lo poco que quedaba de sus uñas. Era consciente de que su rendimiento laboral había caído en picado y se estaba preparando para lo peor y, a pesar de todo lo que había meditado antes de entrar, no estaba preparado para lo que escuchó en aquel despacho.

Una hora más tarde, un taxi le dejó en la puerta de casa. Una vez dentro, caminó arrastrando los pies descalzos hasta el armario para buscar su traje negro. El funeral de su amigo Takeru sería a la mañana siguiente. No conseguía creerlo. Un nefasto accidente bajo la lluvia le arrebató a vida a su amigo, dejando sola a su mujer embarazada y a un hijo de apenas cuatro años. Un coche se saltó un semáforo en rojo y no logró frenar a tiempo debido a la intensa lluvia. Ocurrió apenas a unas calles de su casa, y la culpabilidad le consumía por dentro, pero no derramó una sola lágrima. No era capaz. Estaba tan agotado por todo que le resultaba difícil incluso respirar.

El sol aún no había asomado por el horizonte cuando Yamato se encontraba en el garaje, dentro de su Vista Cruiser del 69, que tanto adoraba su prometida y que siempre se negaba a dejarle. Hacía infinidad de meses que no acariciaba aquel volante y la sensación le hizo estremecer. Vestido con su impoluto traje negro, condujo con desgana, cansado de todo, y detuvo el coche antes de llegar a las vías del tren. Un semáforo con luces intermitentes y un estridente sonido alertaban de que el ferrocarril estaba a punto de pasar por el lugar.

Observó el retrovisor; una silueta extraña, una especie de sombra sonriente le acompañaba acomodada en los asientos traseros de vehículo. El *Shinigami* le sonrió. Yamato inspiró hondo, tranquilo, cansado, justo antes de pisar el acelerador hasta el fondo, instantes antes de que el tren cruzase las vías.

MÁSCARA

Extendió sus alas y alzó sus espadas lanzando un grito amenazante. El combate estaba a punto de dar comienzo y los espectadores estaban ansiosos por ver la batalla entre las *valkirias* en aquel evento solo sucedía una vez al año.

El coliseo estaba a rebosar, los gritos de la multitud se escucharon incluso al otro lado de la ciudadela cuando la segunda valkiria apareció en el lugar. Su armadura dorada reflejaba los rayos del sol, contrastando con su piel morena y sus alas negras. Llevaba su rostro cubierto con una máscara que tenía varias runas dibujabas sobre ella. Las dos guerreras aladas caminaron con decisión hasta el centro de la arena.

Aria, del clan del Viento y con su armadura plateada, exhibió sus espadas con orgullo, extendiendo su sonrisa y el rostro descubierto. A la otra la presentaron como Ignis, del clan del Fuego, con su armadura resplandeciente como el oro, y se mantuvo en pie sin inmutarse. Algo que a su contrincante le resultó bastante extraño, pero decidió no darle demasiada importancia.

El estridente sonido de una corneta indicó el inicio del combate. Nada más escucharlo, Aria se abalanzó sobre Ignis, pero esta esquivó el ataque y contraatacó con su espada dorada. El sonido metálico de sus armas chocando era música para los oídos de las valkirias. Sus pies descalzos bailaban sobre la arena en ágiles movimientos, esquivando el filo de las espadas. Cuando una de ellas estuvo a punto de cortar su garganta, Ignis alcanzó un puñado de tierra y lo lanzo al rostro de su oponente, que se vio obligada a retroceder mientras sus ojos ardían de dolor.

—¡Cobarde! —reclamó airada, entrecerrando los ojos.

La gente empezó a abuchearla tras aquel acto, e Ignis pareció ponerse nerviosa. Aria notó algo extraño: había luchado otras veces con ella y jamás había usado un truco tan sucio como aquel. El sudor resbalaba por la frente de Aria y deslizaba por su rostro, sacudió sus alas provocando que una extensa nube de polvo se levantase y envolviese a su contrincante, dificultando su visión.

La valkiria alzó el vuelo y lanzó varios cuchillos que antes adornaban su cinturón, desde varios ángulos, al interior de la polvareda. Se escuchó un gruñido y la sonrisa de Aira se extendió, pero no tardó en desdibujarse cuando, rápida como un rayo, Ignis salió volando y arremetió contra ella. Logró bloquear su ataque, pero tuvo que sacrificar una de sus espadas, que salió volando tras el impacto con el metal.

Los gritos de la gente se intensificaron cuando Aria usó su elemento, el aire, para crear un viento intenso que le impedía planear a Ignis y esta se vio obligada a descender para no perder el equilibrio, y Aria aprovechó ese momento para atacarle por la espalda. La valkiria de la máscara giró sobre sí misma y bloqueó el impacto con su arma, extendió el brazo que tenía libre y agarró con fuerza la armadura de su rival, arrastrándola en su caída. Cuando estaban a punto de estrellarse contra el suelo, Ignis la empujó para caer sobre ella. La espalda de Aria impactó contra el suelo arenisco y ella ahogó un gemido de dolor. Un hilo de sangre escapó por la comisura de sus labios.

La valkiria del fuego sostuvo su espada y la alzó, apuntando contra el pecho de su contrincante, dispuesta a darle el golpe de gracia. Algo le detuvo: un dolor extraño, seguido de un calor que brotaba de su garganta en forma de líquido carmesí.

Los alaridos de la multitud cesaron durante unos instantes mientras observaban el inesperado final del combate. Aria había sido más rápida que ella y, con una pequeña daga que aún guardaba en su cinto, alzó la mano y le cortó el cuello. La sangre brotaba a borbotones, cayendo sobre ella. La empujó para liberarse e Ignis se desplomó sobre la arena, dejando caer su espada y llevándose las manos a la garganta. Intentó hablar, pero el plasma rojizo que surcaba su garganta se lo impedía.

Aria, invicta, fue aclamada por todos y alzó su daga sonriente en señal de victoria.

Bajó la vista y sus ojos se clavaron en el cuerpo agonizante de su rival. Se aproximó para arrebatarle la máscara, impregnada de sangre: se la quedaría como trofeo. Su gesto se congeló cuando al retirarla descubrió que el rostro que se ocultaba bajo ella no era el de Ignis.

Señal

Había perdido la cuenta de los funerales a los que había asistido ya tratando de encontrarle, pero aquel escurridizo ladrón de almas con apariencia gatuna siempre iba un paso por delante. Ella estaba alerta ante la más mínima señal que indicase que el felino pudiera atacar, apenas a unos metros del ataúd. Por suerte, su presencia no llamaba demasiado la atención, ya que podía cambiar su rostro a placer a pesar de no tener uno propio. No iba a permitir que el alma de aquel joven, al que todos velaban entre lágrimas y sonrisas afligidas, fuera robada.

En esta ocasión había adoptado el rostro de uno de los parientes lejanos del fallecido, no le había resultado difícil encontrar esa información en las fotos a través de las redes sociales, que se habían volcado ante aquella inesperada desgracia. La mujer, un *noppera-bō*, más conocido como "sin cara", llevaba años al cuidado de las almas de la ciudad; era lo único que lograba hacer que se sintiera viva y pensar que su existencia servía para algo más que asustar humanos.

Uno de los asistentes se acercó a ella esbozando media sonrisa.

—No puedo creerlo, Ailsa, ¿eres tú? —inquirió el hombre de mediana edad con su voz ronca y nariz aplastada mientras sus diminutos ojos le observaban detrás el cristal de unas gafas antiguas—. No pensé que vendrías desde tan lejos. Te lo agradezco de corazón.

Ella tuvo que fingir amabilidad para no llamar la atención a pesar de que no tenía ni idea de quién era. Una sombra extraña al fondo de la sala llamó su atención. Las palabras del hombre se perdieron en el aire, y centró todos sus sentidos hasta que le pareció ver una cola deslizarse bajo las tupidas cortinas. Se aproximó con cautela y extendió el brazo para apartar la tela justo cuando una voz al otro lado del salón le hizo sobresaltar.

—Mira mamá, un gatito. —Señaló con su pequeño índice una niña vestida con un pomposo vestido negro.

De la nada, un felino de pelaje negro como la noche saltó desde una de las repisas, donde reposaba un jarrón con lirios artificiales, en dirección al interior del ataúd. La mujer, con el rostro robado de la humana Ailsa, maldijo en un susurro.

El gato negro no logró posarse sobre el pecho del difunto. Una daga atravesó su pecho justo a la altura en que su pelaje se tornaba blanquecino y le impulsó hacia el exterior del cajón de madera, cayendo al suelo. El animal quedó inmóvil ante las miradas de terror e incertidumbre de los asistentes.

Varios gritos quebraron el silencio cuando la mujer hizo desaparecer las facciones de su rostro mientras caminaba con lentitud hacia el cuerpo del felino, que continuaba inmóvil sobre el piso. Estaba alerta, sabía que aquello no era suficiente para acabar con aquel gato espectral. El animal empezó a moverse justo cuando la mujer cerró el sarcófago de golpe.

—Había olvidado que tenías tan buena puntería… —se quejó el *Cait Sidhe* al tiempo que se levantaba y se estiraba justo antes de empujar con sus patas el puñal para desalojarlo de su pecho, y comenzó a lamer la sangre mientras su herida se desvanecía como si de magia se tratase—. ¿Me echabas de menos, *sin cara*?

La mujer sin rostro lanzó otro cuchillo que escondía en su cinturón, pero el felino lo esquivó sin dificultad, dando un enorme salto y posándose sobre el ataúd cerrado.

—No puedes matarme con eso, ¿por qué sigues perdiendo el tiempo buscándome? —Observó la madera y se relamió—. Es una pena que nadie vaya a aprovechar su alma… ¿Por qué no hacemos un trato?

Ella ladeó la cabeza, sosteniendo otro afilado cuchillo con su diestra: no pensaba fiarse de aquel astuto gato.

—Me marcharé si me dejas quedarme con el alma de este pobre humano. Ya no la necesita, eso lo sabes bien. Además, conseguirás lo que tanto anhelas. ¿Acaso no te gustaría perderme de vista para siempre?

Como respuesta, lazó la daga contra él, pero tampoco consiguió acertar el tiro y el gato aprovechó para saltar hacia la mujer y arañar con furia su piel sin rostro. Ella le agarró con todas sus fuerzas para quitárselo de encima mientras el animal bufaba y gruñía, clavándole las uñas.

POLLO

—¿Por qué hay tantas estatuas de ese bicho? —inquirió Velma mientras paseaban cerca del templo.

—Es una de las bestias sagradas. El Suzaku, un ave fénix envuelto en llamas —aclaró Gaara con tranquilidad y señaló unas escaleras que parecían infinitas—. Es por aquí.

Ella quedó entre impresionada y horrorizada al ver la cantidad de escalones que aún les separaban del templo del sur de Kyoto.

—Dime que hay escaleras mecánicas… —se quejó en voz baja. Una sonora risotada fue lo único que recibió como respuesta.

Un buen rato después, con la frente empapada en sudor y la lengua fuera, alcanzaron la puerta del santuario de Jonangu.

—En cuanto empiece el festival y estén todos distraídos podremos colarnos dentro —comentó Gaara, fresco como una rosa, mientras contemplaba el atardecer bañando los tejados de las casas con los últimos rayos dorados del sol.

Velma no pudo evitar dejarse caer sobre la barandilla, demasiado agotada como para contemplar las vistas, y soltó un sonoro suspiro. Unos niños pasaron a su alrededor sosteniendo unas figuras del ave fénix, y unas curiosas máscaras cubrían sus rostros.

—¿Por qué es tan importante ese pollo? —farfulló sin disimular su incomodidad.

—Suzaku es uno de los cuatro espíritus del cielo, y el fénix es el ave divino en la tierra —argumentó él con calma—. Guarda uno de los cuatro puntos cardinales de la ciudad de Kioto. Pero ¿quieres saber lo mejor?

La estudiante de intercambio no disimuló el enorme bostezo que le produjeron sus palabras y esperó con desgana que continuase hablando mientras la temperatura caía drásticamente con la llegada de la noche.

—Lo mejor es que esa ave nos va a hacer ganar mucho dinero. En cuanto logremos robar algunas de las reliquias de oro que guardan en el santuario, luego las venderemos por un buen fajo de billetes.

—¿Qué harás con ese dinero? —quiso saber la muchacha algo desconfiada, pues solo le conocía desde hacía un par de semanas, al tiempo que observaba el vaho que salía de su boca por el frío.

Gaara esbozó una enorme sonrisa y se apoyó sobre la barandilla junto a ella.

—Quiero recorrer el mundo. No tengo intención de malgastar mi vida aquí y heredar el negocio de mi padre. Odio ese taller. Me obligaron a trabajar en él desde que cumplí once años…

—Yo creo que lo que hace tu padre es un arte —discordó Velma recordando las vasijas y cuencos artesanales que había visto días atrás en la pequeña tienda que llevaba su familia desde hacía generaciones.

Pasaron un buen rato en silencio hasta que él hizo una señal, justo cuando todas las personas que había alrededor se amontonaban cerca de la entrada del santuario para contemplar la danza de la sacerdotisa que estaba a punto de comenzar.

Caminaron silenciosos hasta llegar al almacén que había en la parte trasera del templo, donde guardaban el material para los rituales, y Gaara no tardó en quitar el cerrojo usando una ganzúa. Velma prefirió no preguntar dónde había adquirido esa habilidad y, tras cerciorarse de que nadie les observaba, se colaron en el interior cerrando la puerta para no levantar sospechas.

—Coge todo lo que parezca de valor y mételo en la mochila. Tenemos menos de diez minutos antes de que se den cuenta de que alguien se ha colado aquí.

Ella obedeció y apuntó con su linterna a las estanterías. Dio un paso atrás horrorizada al encontrar unos extraños y afilados objetos que no esperaba hallar en aquel lugar.

—Son antiguos instrumentos de tortura. Se utilizaban hace más de cien años para ofrecer sacrificios a los dioses —esclareció el chico con una sonrisa maliciosa—. No me digas que te dan miedo. ¿En tu país no hay nada como esto en los templos antiguos?

—Por supuesto que no —respondió Velma incómoda—. En mi cultura nunca hemos sido tan salvajes.

Gaara frunció el ceño, pero no dijo nada. Se limitó a guardar algunas figuras que parecían de oro y continuó buscando alumbrado solo por la linterna de su teléfono. Su compañera halló una enorme figura: una estatua de un ave enorme con piedras preciosas incrustadas en sus alas. Intentó arrancar algunas, pero sus dedos estaban adormecidos por el intenso frío y una de ellas resbaló de su mano. Al intentar atraparla antes de que cayera al suelo, sin darse cuenta, empujó la figura con la cadera y cayó suelo, provocando un intenso crujido que no pasaría desapercibido.

—Joder… —masculló Velma llevándose las manos a la cabeza.

—No me jodas. Tenemos que irnos de aquí. ¡Ya!

Ambos corrieron hacia la puerta, pero cuando alcanzó el picaporte, Gaara soltó un quejido y apartó la mano al instante.

—¡Quema!

—¿Cómo? —Ella ladeó la cabeza sin comprender. Acercó la mano y se percató de que el metal de la puerta estaba tan caliente que apenas podía rozarlo—. No es posible…

—Es una broma. ¡No puede ser! —bramó el chico acobardado.

En ese momento una ráfaga de llamas, que aparecieron de la nada, les rodeó al instante y comenzaron a gritar asustados.

—Esto es cosa de Suzaku —murmuró Gaara notando cómo la temperatura se incrementaba hasta el punto que les costaba respirar—. ¿Es… un castigo por lo que estábamos haciendo?

—¡Haz que pare! —exclamó Velma con dificultad, sin parar de toser debido al humo.

—¡No puedo! ¡La culpa es tuya! ¡Tú rompiste la estatua!

—Fue sin querer… ¡Lo siento! —Hizo una pausa, aterrada, sin saber cómo hacer para escapar—. ¡Fuiste tú quién tuvo la idea de entrar para robar!

De pronto, las llamas se alzaron hacia el techo tomando la forma de un ave fénix. Los muchachos se abrazaron y trataron de retroceder, pero el fuego se lo impedía.

El gran pájaro de fuego sacudió las alas y se abalanzó sobre ellos.

REFLEJO

Aquella noche, Amanda no conseguía conciliar el sueño. Cada sonido de la calle, cada crujido de la madera del techo, hasta las voces lejanas de los vecinos le hacían sobresaltar. Se sentía estúpida por haber accedido a participar en aquella sesión de espiritismo; ni siquiera creía en esas cosas, pero su mejor amiga le había convencido para acompañarla, ya que no quería acudir sola.

El recuerdo del espejo que adornaba la pared del edificio abandonado estallando en mil pedazos justo cuando el tablero de *ouija* empezaba a arder de la nada no dejaba de repetirse en su mente.

Sin pegar ojo, se metió a la ducha antes de que sonase el despertador. Pensó que dar un paseo de camino a la universidad y comprar un café bien cargado para aguantar la mañana era un buen plan. Cuando salió y se envolvió en la toalla, el espejo estaba completamente empañado, y su sangre se congeló cuando vio varias palabras escritas en él: Voy a encontrarte.

Dejó escapar un chillido mientras corría hacia su cuarto para vestirse a toda prisa. Vivía sola y no dejaba de preguntarse cómo esas letras habían podido llegar a aquel lugar. Buscó el número de Vania en la memoria del teléfono, le temblaban las manos y estuvo a punto de perder el equilibrio mientras trataba de subirse los vaqueros.

Agarró el bolso para salir por la puerta sin lograr contactar con su mejor amiga. Justo antes de que sus dedos alcanzasen el pomo, un extraño crujido, similar al que produce un cristal al romperse, le obligó a darse la vuelta. El reflejo del espejo le devolvió una siniestra sonrisa, pero ella no estaba sonriendo, y su respiración se cortó de golpe.

Salió corriendo en cuanto fue capaz de reaccionar. Ni siquiera se fijó en si había cerrado la puerta, solo sabía que necesita salir de allí. Con el corazón desbocado llegó a casa de Vania y comenzó a aporrear la puerta sin cesar hasta que su amiga la abrió y le recibió sorprendida, aun en pijama y el pelo enmarañado.

—¿Amanda? ¿Qué ocurre? —inquirió extrañada, disimulando malamente un bostezo—. ¿Qué haces aquí? Es muy temprano…

Antes de que terminase de hablar, su amiga se lanzó a sus brazos con las mejillas empapadas por las lágrimas. Trató de consolarla y escuchó su historia, pero no pudo evitar reír a carcajadas. Le dijo que todo era producto de su imaginación, que la sesión del día anterior le estaba sugestionando.

Se saltaron la primera clase y fueron a desayunar a la cafetería preferida de Vania, tan solo a diez minutos de la facultad. Su amiga devoró con gusto un enorme croissant a la plancha y un chocolate caliente, mientras Amanda tomaba un café solo que no le sentó nada bien. Su estómago hacía ruidos extraños y terminó por salir corriendo al lavabo tapándose la boca con la mano.

Una vez el café salió de su cuerpo y comenzó a sentirse un poco mejor, se acercó al lavabo para limpiarse la boca y enjuagarse con agua. Mientras se inclinaba para escupirla, no percibió que su reflejo se mantenía erguido, observándola con una extraña sonrisa desde el otro lado. Cuando alzó la cabeza y lo vio, separó los labios con la intención de gritar, pero ni el más mínimo sonido quiso salir de su garganta.

Amanda quiso dar un paso atrás, pero una mano atravesó el espejo y le agarró de la camisa, impidiéndoselo. Luchó contra su propio reflejo, que tiraba de ella con una fuerza sobrehumana.

Sin saber cómo, su reflejo consiguió arrastrarla hasta que todo su cuerpo atravesó el espejo. Hacía frío y estaba oscuro al otro lado. Amanda gritó asustada mientras miraba aquella siniestra copia de sí misma, que la empujó hasta tirarla al suelo.

—¿Dónde estoy? ¿Quién eres?

Aquel monstruo que le había robado la apariencia sonrió con malicia y respondió con una voz idéntica a la suya:

—*Doppelgänger.*

Después saltó con agilidad y atravesó el cristal sin dificultad entre malévolas carcajadas. Amanda corrió tras aquel monstruo impostor, pero chocó contra el espejo y cayó con violencia hacia atrás. Las risotadas del Doppelgänger se intensificaron mientras contemplaba el espectáculo desde el baño de la cafetería. La muchacha se levantó con el cuerpo dolorido y volvió a intentarlo, pero no conseguía atravesar el cristal.

Entró en pánico y comenzó a chillar y a golpearlo desde dentro. Pudo contemplar al monstruo marcharse con tranquilidad y sin borrar aquella sonrisa de su rostro. El rostro que le había robado a Amanda.

—¡No! ¡No puedes dejarme aquí! ¡Quiero salir!

Ella continuó golpeando el espejo desde dentro, cada vez con más fuerza, hasta que estalló en mil pedazos y todo se sumió en una oscuridad silenciosa.

CUCHILLO

Era la tercera vez que esos chicos me seguían aquella semana mientras volvía a casa del trabajo. Contuve un suspiro y continué caminando, fingiendo no darme cuenta de que me perseguían. A medida que me alejaba del centro había menos gente en las calles adoquinadas y sucias, con las fachadas de los edificios llenas de grafitis y basura por todas partes. Era lo que tenía vivir en aquella ciudad subterránea, lejos de los ojos del resto del mundo que no nos aceptaba por ser diferentes.

Downward era conocida como la ciudad oscura, donde no llegaba la luz del sol. Un lugar al que los humanos corrientes solo entraban si no les quedaba ningún otro sitio al que ir. Aunque eran una minoría, gran parte de los habitantes eran como yo: distintos. Se nos clasificaba por niveles, dependiendo de la magnitud de nuestros poderes, e incluso se nos separaba por distritos, basándose en lo peligrosos que pudiéramos resultar.

A mí me habían calificado como nivel cuatro, un rango bastante alto, teniendo en cuenta que más de la mitad de la población solo llegaba al nivel dos y otros se quedaban en el nivel cero. A estos últimos, la mutación les afectaba solo de forma física: podían tener mitad del cuerpo con apariencia humana y el resto con forma animal o incluso solo algunos rasgos, pero no tenían poderes. Como era el caso de las *queues*, mujeres que tenían orejas y colas de animales, que la mayoría terminaban trabajando en burdeles o clubs nocturnos, ya que sus cuerpos eran muy codiciados por los hombres.

Una voz gruesa se escuchó a mi espalda y fruncí el ceño casi sin darme cuenta.

—¡Oye, tú! —exclamó uno de los jóvenes delincuentes que frecuentaban aquel distrito. Me giré y vi su rostro lleno de cicatrices iluminado con las luces de neón de uno de los carteles—. ¡Sí, tú! ¡La transmutadora! ¿Por qué no vienes a pasar un rato con nosotros?

—¿No os cansáis de que siempre os dé una paliza? —Me crucé de brazos sin las más mínimas ganas de pelear contra aquella escoria de nuevo.

Eran mucho más jóvenes que yo y pertenecían a una de las bandas más temidas, que siempre estaban reclutando a los chicos huérfanos que llegaban de la superficie para llevarles por un camino de delincuencia y sangre. Tres de ellos eran humanos, los otros dos solo eran *espers* de nivel dos, por lo que no me preocupaban lo más mínimo. Uno de ellos controlaba el metal y podía moldear armas pequeñas y afiladas solo con tocar un coche o una barandilla de hierro. El otro, que me observaba siempre quedándose atrás, tenía la habilidad de leer la mente a todo aquel que estuviera a menos de tres menos de distancia. Algo que le beneficiaba mucho en los combates cuerpo a cuerpo, ya que podía identificar los movimientos de sus adversarios antes de que los ejecutasen.

—Te crees superior a nosotros por ser de un nivel superior, pero esta vez hemos venido con un amigo que va a cerrarte esa boquita de una maldita vez. —Hizo una pausa y su sonrisa hambrienta se extendió—. Aunque a mí me encantaría mantenerte con la boca abierta para que te comas mi…

—Eres repugnante —le interrumpí con una mueca de asco y desprecio.

Harta de sus amenazas y sus palabras lascivas, usé mi habilidad para alterar la gravedad y controlarla a mi beneficio. De esa forma mi cuerpo levitó en el aire y me deslicé verticalmente con la intención de alcanzar el tejado del edificio para dejarles atrás. Solía utilizar mi poder para desplazarme, como si volase sobre la ciudad, para evitar altercados. Sin embargo, era algo que me consumía demasiada energía, y después de todo el día trabajando en el taller, apenas me quedaban fuerzas para ello.

Algo me golpeó por la espalda y choqué contra la fachada del edificio antes de alcanzar la azotea. Intenté separarme de la pared, pero algo gigante y pegajoso cubría mi cuerpo.

—¿Una telaraña? —mascullé aturdida por el impacto, tratando de liberarme.

Una enajenada risa surcó todo el lugar; venía del callejón de enfrente. Había alguien, pero la oscuridad no me permitía distinguir de quién se trataba y solo pude ver una silueta gigantesca.

—¡Quien ríe el último, ríe mejor! ¡A ver si te diviertes ahora, maldita zorra! —escupió el individuo de antes con malicia mientras se alejaban.

Gruñí tratando de romper la extraña tela que me aprisionaba contra la pared a varios metros de altura, pero cuanto más me movía, más pegada quedaba.

Una criatura apareció de entre las sombras del callejón. La luz de la farola me permitió ver su escalofriante figura. Medía al menos tres metros de alto, de cintura para arriba tenía el cuerpo de un humano, aunque con la piel teñida de un tono azul grisáceo, y unos enormes colmillos sobresalían de su boca, además de unas grandes orejas puntiagudas. La parte inferior era de una araña enorme, con sus ocho patas azuladas y peludas que le permitían escalar sin dificultad los edificios. Me observaba son sus ojos negros como la noche al tiempo que se aproximaba. Era un *drider*.

Se me heló la sangre y deslicé mi mano como pude hasta mi cinturón, para coger el cuchillo que siempre llevaba conmigo. Usándolo conseguí cortar la tela de araña, y con mi poder traté de huir subiendo hasta la azotea, pero aquel monstruo no dudó en lanzar más ataques. Con ágiles movimientos en el aire, alterando la gravedad, escapé de las telas que me lanzaba, pero era tan rápido que solo podía centrarme en esquivar y no en alejarme ni en contraatacar.

Cuando quise darme cuenta era demasiado tarde. Al moverme hacia arriba para evitar ser alcanzada por otro ataque, choqué con algo extraño. Era otra tela de araña mucho más fina, casi invisible a mis ojos, que cruzaba desde lo alto de un edificio a otro, creando una trampa que me impedía escapar levitando como en otras ocasiones.

Mi espalda quedó pegada junto con mis brazos, sin posibilidad de moverlos para cortar los hilos con mi daga. Maldije en voz alta al tiempo que la criatura se relamía y se deslizaba por la fachada hasta llegar a su tela de araña, por la que caminó, cabeza abajo, acercándose cada vez más.

—¡No! —exclamé sintiendo el terror recorriendo mis venas, atrapada en sus hileras—. ¡Suéltame!

Cuanto más me agitaba, más se adhería mi cuerpo a la trampa de hilos del drider. Pero el miedo me impedía pensar con claridad y el monstruo estaba ya tan cerca que podía sentir su fétido olor a alcantarilla. Se me ocurrió usar mi poder para poder el cuchillo en el aire y cortar la tela de araña que me rodeaba. Sin embargo, en cuanto los primeros hilos se rompieron, la criatura arremetió con una de sus patas contra mi arma, lanzándola lejos del alcance de mis habilidades de transmutadora de la gravedad.

—¡Ayuda! ¡Por favor!

Mis súplicas fueron escuchadas y alguien atacó al drider lanzando un pequeño rayo que le hizo soltar un alarido de dolor. Miré hacia abajo y allí estaba Prudence, mi amiga de la infancia y *esper* de nivel dos que tenía el poder de controlar la electricidad.

Aproveché la distracción para usar mi poder con lo único que tenía a mi alcance; unas macetas que adornaban el alfeizar de una de las ventanas a pocos metros, y las lancé contra él. No funcionó, sino todo lo contrario, lanzó sus hilos de seda para atraparlas y desvió la trayectoria hacia Prudence, que tuvo que ocultarse tras un destartalado coche para evitar el impacto.

Unos segundos después, ella salió y volvió a lanzar varios rayos contra nuestro enemigo, pero este los repelía todos lanzando aquellos odiosos hilos. Me sentía inútil viendo cómo el drider se reía de forma macabra. Vi cómo escupió una telaraña hacia uno de los vehículos y tiró con brutalidad de él para lanzarlo contra mi amiga.

—¡Ten cuidado, Pru! —grité intentando agitarme de nuevo.

No logró esquivarlo, y el metal arremetió contra ella con brusquedad, haciendo que saliera disparada hacia un lateral y rodase por el suelo.

—¡No! ¡Prudence! —Mis ojos se abrieron como platos al contemplar de lejos cómo quedaba semiinconsciente, y un montón de sangre brotaba de su cabeza, resbalando por su frente.

La muchacha trató de incorporarse, pero estaba demasiado aturdida. Una enorme tela de araña cayó sobre ella, aprisionándola contra el asfalto. El monstruo se giró hacia mí de nuevo mientras recorría los escasos metros que le separaban de su presa.

—¡Katniss! —se escuchó el grito de terror de Pru que intentó liberarse usando su poder, pero la electricidad recorrió los hilos y la descarga se volvió contra ella, que ahogó un gruñido de dolor.

El drider se colocó sobre mí mientras yo gritaba asustada, me mordió para inyectar su veneno paralizador y cubrió mi cuerpo con sus hilos de seda, atándolo y cubriéndolo hasta que quedé cubierta por ellos.

Pude escuchar los gritos de Pru, cada vez más lejanos, mientras sentía que el monstruo me arrastraba con él. La ponzoña me había paralizado, y dentro de aquel capullo de hilos de seda terminé por perder el conocimiento sin saber qué pensaba hacer aquella criatura conmigo.

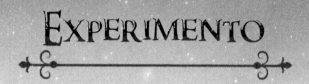

EXPERIMENTO

—Esto es imposible… —murmuró Nadja dejándose caer sobre la silla de madera de la inmensa cocina—. Ni sé cuántos intentos llevo.

—Exactamente, trece —respondió Nagnus, su duende y ayudante.

—No hacía falta que los contases —se quejó la joven bruja mientras se quitaba el sombrero de pico negro y lo colocaba sobre la mesa—. Cada vez tengo más claro que nunca llegaré a ser tan buena como mi madre… ¡Ni siquiera soy capaz de elaborar una simple poción de amor!

Escondió su rostro blanquecino entre sus manos y tuvo que contenerse para no gritar de rabia.

—¿Cómo vas a hacer una poción para enamorar al alguien si tú nunca lo has sentido? —comentó el *duende* en voz alta con su voz aguda al tiempo se saltaba sobre la silla para después subir a la mesa.

Con su poco más de medio metro de altura y piel de un tono entre verde y azul, la única manera que tenía de ayudar era estando sobre el extenso tablero de madera. Nadja le dedicó una miraba rebosante de ira a lo que Nagnus agachó la cabeza y recogió los frascos vacíos sin decir una sola palabra más.

Bien entrada la noche, la joven bruja daba vueltas en la cama meditando las palabras del duende sirviente de su familia, que desde hacía generaciones llevaba una tienda de pociones, recetas y artículos mágicos.

—¿No puedo hacer una poción de amor porque nunca me he enamorado? —farfulló, angustiada, estrechando una de las gigantescas almohadas entre sus brazos.

Odiaba a los hombres desde que era una niña. Todo comenzó cuando su padre abusó de ella y su madre le convirtió en un monstruo deforme, desterrándolo al Bosque Negro. Desde aquel día no había permitido que ningún hombre se aproximase a ella. Unas lágrimas cristalinas se escaparon de sus ojos violetas, y Nadja se permitió sollozar hasta que el cansancio pudo con ella.

A la mañana siguiente volvió a intentarlo, pero el resultado fue el mismo: una poción inservible, sin una sola pizca de amor ni de romance.

—¡Estoy harta! —exclamó antes de hacer un brusco movimiento con la mano derecha, usando su poder para tirar todo que había sobre la mesa y hacerlo caer al suelo—. ¡No es justo!

No se percató de que alguien le había estado observando desde la puerta junto a la alacena hasta que la muchacha de largas trenzas negras dio unos ligeros toques sobre la madera.

—¿Vengo en mal momento?

—¡Abby! —Su llegada le había pillado por sorpresa. Se sintió avergonzada por el desastre, señaló a la escoba con su índice y esta empezó a barrer el estropicio sola—. No pasa nada…

—Es un nada muy interesante. —Sus ojos plateados recorrieron la mesa hasta hallar el libro de pociones y arqueó una ceja mientras se aproximaba—. ¿Una poción de amor? ¿Quién compra algo como eso?

—Es un encargo de la señora Blackwood. Quiere asegurarse de que el novio no deja plantada a su hija en la boda —esclareció Nadja con desgana.

—Pobre Nicolás, no tiene idea de dónde se ha metido... —Chasqueó la lengua varias veces, se giró y contempló a su amiga de la infancia con una enorme sonrisa—. Tal vez desconectar un poco te venga bien. ¿Quieres que volemos hasta el pueblo de al lado y nos colemos en el cine?

—No puedo. Si no he conseguido crear esta poción para mañana por la mañana decepcionaré a mi madre y a mi abuela...

El rostro de la bruja de vestido negro y ojos violetas se tornó apagado y frío. El corazón de Abby se encogió y, por un momento, pensó en hacer una locura.

—¿Quieres que probemos un experimento?

Nadja arqueó una ceja y después se encogió de hombros.

—El amor es complicado, pero... la mejor manera de comprenderlo es sentirlo —continuó nerviosa mientras sus trenzas se meneaban despacio—. Cierra los ojos.

—¿Por qué?

—Calla y hazme caso. Aunque solo sea por una vez —reclamó Abby cruzando los brazos—. Si después de esto no logras hacer la poción te dejaré convertirme en rana durante un día entero.

Nadja sonrió con malicia ante aquella apuesta y no dudó en aceptar y cerrar los ojos.

El corazón de su amiga se aceleró, inspiró hondo y se puso de puntillas, entrecerrando los párpados hasta que sus labios se posaron sobre los de la otra bruja. Nadja abrió los ojos ante aquel inesperado acto, pero no se apartó. Estaba demasiado impactada como para reaccionar.

Pasados unos segundos, Abby se separó y salió corriendo del lugar sin dejar tiempo a que su amiga, de la que llevaba mucho tiempo enamorada, pudiera decir nada. Se quedó allí, de pie, meditando lo que acababa de suceder, con las mejillas tan rojas como las manzanas envenenadas en el escaparate de la tienda.

Pasó el resto del día encerrada en su habitación y, aunque Nagnus trató de convencerla para que bajase a comer, ella se negó. El duende le pidió permiso para permanecer en su cuarto a su lado, por si necesitaba algo, pero ella le echó a gritos de la habitación.

Una extraña sensación le aprisionaba el pecho y no dejaba de darle vueltas a aquel beso robado. Miró su teléfono varias veces, esperando un mensaje que nunca llegó, y ella tampoco sentía la valía para escribirlo.

—Era mi primer beso. Abby, estúpida… —masculló confusa, sin tan siquiera entender por qué le había afectado tanto.

En mitad de la noche, sin conseguir conciliar el sueño, abandonó su cuarto y caminó entre las sombras hasta llegar a la cocina. Con un pequeño hechizo que murmuró, aparecieron varias llamas que fluctuaban por la estancia, iluminándola tenuemente. Agarró el libro y lo apartó, pues conocía la receta de memoria después de tantos intentos.

Colocó el caldero sobre el fuego y empezó a recopilar los ingredientes, desde bigotes de gato, pétalos de rosa roja, incluso saliva de sapo venenoso, pero había algo que no encontraba: sal negra. Rebuscó por todos los armarios sin éxito, hasta que una pequeña silueta se acercó. Era Nagnus sosteniendo un pequeño frasco entre sus manos.

—La guardé para que la señora —murmuró haciendo referencia a la abuela de Nadja— no lo gastase durante la cena.

Extendió sus flacos brazos de duende y se lo ofreció. La bruja le dedicó una intensa mirada de agradecimiento y lo aceptó para añadirlo a la poción. Inspiró y pronunció el conjuro en voz alta, mientras el recuerdo de aquel beso surcaba su mente.

Una pequeña explosión sacudió la cocina, soltando un humo rojo y un potente aroma afrutado que sorprendió a Nadja. Cuando posó sus ojos de nuevo sobre el caldero, la mezcla se había tornado de intenso carmesí, y el humo que emanaba de ella formó un enorme corazón que tardó apenas un instante en desaparecer.

Tuvo que contenerse para no gritar de alegría de despertar a su familia. En ese momento, la imagen de una Abby feliz se coló en sus pensamientos y dejó caer el cucharón al suelo.

—¿Amor? —dijo en voz baja, llevándose las manos a la cabeza y sonriendo sin parar.

Abrazó a Nagnus, que se sobresaltó al principio, pero esbozó una enorme sonrisa ante aquel gesto inesperado. Tras depositarle sobre la mesa, agarró su sombrero y una de las escobas para volar lo más rápido que pudo hasta llegar a la casa de Abby.

GREMIO

El corazón del ebanista se aceleró cuando aquella mujer entró por la puerta, con sus cabellos castaños recogidos en un moño perfecto, su tez clara y sus labios con aquel color carmín que tanto anhelaba. Tras varios años, ella seguía yendo a visitarle y, como en cada visita, el carpintero preparaba un regalo especial y una carta de amor que nunca conseguía entregarle. Sin embargo, aquel día estaba seguro de que podría hacerlo.

—Hola, Jiro, cuánto tiempo. —Se acercó ella risueña para darle un abrazo, y el olor dulce de su perfume le puso más nervioso aún.

—Suzumi, qué pronto has llegado —titubeó el hombre con las mejillas coloradas—. ¿Qué tal el viaje?

Le ofreció asiento y pasaron la tarde hablando sobre sus proyectos. La mujer había encontrado trabajo en la ciudad hacía pocos meses, en una carpintería, y se había mudado allí, por lo que se verían cada vez menos.

—¿Qué tal con el resto de gente del gremio? Allí debéis de tener herramientas mucho mejores para trabajar.

—La verdad es que sí, no lo voy a negar, pero no son tan divertidas. —Suzumi hizo una breve pausa y sus ojos se posaron en la ventana, contemplando las hojas de los árboles tornándose marrones, indicio de la llegada del otoño—. ¿Recuerdas lo bien que lo pasábamos en la academia cuando aún estudiábamos, con la mitad de las herramientas oxidadas?

Cuando la veía sonreír, Jiro sentía una intensa calidez y una paz inmensa. En ese instante, deslizó la mano hasta su bolsillo, donde escondía una pequeña caja que él mismo había tallado con un colibrí en la tapa y unos pendientes de perlas en el interior. La agarró con fuerza, pero algo le impedía sacarlo y un nudo en la garganta le dificultaba la respiración.

—¿Estás bien, Jiro? —Ella apoyó la mano sobre su hombro—. Te has puesto pálido de repente…

—No es nada —se apresuró en responder dejando el regalo escondido en su chaqueta y cambió de tema.

Cayó la noche y se despidieron, después de que la acompañase hasta la puerta de la casa de sus padres, como un caballero.

De regreso a su tienda, el ebanista maldecía en silencio su cobardía por otro intento fracasado de declararle su amor. Hacía tres años que se había enamorado de Suzumi y empezaba a pensar que jamás tendría el coraje para decírselo. Por el camino comenzó a llover y llegó calado al taller. Depositó la cajita de madera sobre la mesa y subió las escaleras, ya que su piso estaba sobre la tienda, para darse una ducha.

Con el pijama puesto y el ánimo por los suelos, un extraño sonido llamó su atención. Venía de la planta baja. Tragó saliva y se dispuso a bajar las escaleras, hasta que un golpe seco al otro lado de la puerta hizo que se le detuviera el corazón un segundo. Armado con su viejo bate de béisbol, inspiró hondo antes de entrar.

—¿Quién anda ahí? —exclamó sin dejarse llevar por el pánico.

Quedó inmóvil unos instantes, y de sus labios escapó un eco de confusión cuando encontró sobre la mesa de su taller a un prodigioso zorro de nueve colas. Dejó caer el bate al suelo y se puso de rodillas ante aquella deidad, que había escogido ni más ni menos que su hogar para manifestarse. Jiro se arrodilló en señal de respeto.

—¡Oh, gran Kitsune, es un honor tu presencia!

El animal ladeó la cabeza, como si le estuviera escuchando, pero segundos después continuó paseando sobre el tablón de madera, tirando todo a su paso con sus colas. El hombre, impactado por su aparición, no logró reaccionar hasta que volcó una de las lámparas, y el metal produjo una chisma que cayó sobre un montón de serrín e hilos de madera, formando unas pequeñas llamas.

El carpintero gritó asustado, y el Kitsune huyó por la ventana sin dejar rastro, mientras él gritaba y corría en busca de agua para apagar el fuego, pero no hacía más que extenderse.

—¡Jiro! —escuchó la preocupada voz de Suzumi detrás de él—. ¿Qué ha pasado?

Ella no tardó en tirar de una manta que había sobre una de las cajas y la lanzó para cubrir las llamas. Después, el hombre echó otro cubo de agua por encima, logrando extinguir el fuego. Jiro se dejó caer al suelo, sin saber qué responder, con la cabeza gacha.

Al percibir su incomodidad, Suzumi se acercó a la mesa y empezó a colocar las cosas en su sitio, dejándole un poco de espacio. Dio con una pequeña caja de madera que llamó su atención. Tenía un colibrí tallado en la tapa y un nombre escrito al frente: el suyo. No pudo resistirse a abrirlo.

—¡Espera! ¡Eso no es…! ¡Yo no…! —Se tapó el rostro colorado con las manos.

—¿En para mí? —Sonrió ella con calidez, contemplando los pendientes, emocionada—. Es mi animal favorito y siempre me han encantado las perlas me…

—Te recuerdan a tu abuela —terminó él la frase sin conseguir mirarla a los ojos—. Siempre hablabas mucho de ella y de lo que te gustaban muchas de las joyas que ella llevaba.

—Jiro… —Volteó y caminó hasta él—. ¿Por qué no me lo diste antes cuando nos vimos?

—Lo intenté pero… —Se mordió los labios mientras ella se arrodillaba a su lado—. Tenía miedo de que no me correspondieras. Hace mucho tiempo que quería dártelo, Suzumi.

A modo de respuesta, la mujer se inclinó todavía más, hasta que sus labios se encontraron con los de Jiro.

ESTIRPE

—¡Anastasia! ¿Dónde estás? ¡Vas a llegar tarde a tu próxima clase! —gritó su madre Vladislava desde lejos.

—Como siempre… —musitó con desgana atusándose su melena rubia.

La joven de apenas catorce años dejó escapar un suspiro, tumbada en la hierba, y se negó a contestar a su progenitora. Estaba harta, siempre tenía que dar clases, de Historia, Matemáticas, Equitación, Tiro con arco… Ella solo quería ser una chica normal y jugar con otros de su misma edad. No sabía lo que era tener amigos, ni tampoco lo que quería decir la palabra "libertad".

Lo que más odiaba eran las clases que le daba su ama de cría para convertirla en "una buena esposa". Solo de pensarlo se le revolvía el estómago. Estaba cansada de que le dijeran lo mismo, que su madre se había casado con un noble de noble estirpe, y se esperaba lo mismo de ella.

Escuchó los pasos de su madre y no tardó en incorporarse para esconderse detrás de uno de los inmensos árboles. Le pareció divertido hacerla enfadar un poco y escaparse de la siguiente clase. Caminó con sigilo hasta llegar al cauce del río, junto al puente abandonado que estaba prohibido, pues al otro lado se hallaba la casa de la bruja del pantano.

—Solo son cuentos para asustar a los niños, no son verdad —dijo en voz alta para no tener miedo.

Colocó uno de sus pies y la madera del puente crujió, haciéndole meditar su decisión, mientras el sol comenzaba a esconderse en el horizonte. Tragó saliva antes de continuar. Una vez al otro lado miró hacia atrás e inspiró animada tras aquel acto que ella consideraba tan valiente: desobedecer a sus padres.

Un sonido a su espada le hizo dar un leve respingo y volteó nerviosa.

—¿Quién está ahí?

Silencio. Asustada por la oscuridad que comenzaba a cernirse sobre el bosque, decidió volver al otro lado del puente, pero vio algo que llamó su atención y caminó en la dirección opuesta. Una especie de bola brillante parecía flotar en el aire a pocos metros.

Hipnotizada por aquella maravilla, alzó la mano para tocarla, pero la bola de fuego desapareció y Anastasia dejó escapar un eco de desencanto. Miró en todas direcciones y, un poco más lejos, el destello azulado le indicó dónde se hallaba. Corrió hasta ella de nuevo y acercó la mano despacio.

—¿Qué eres? ¿Una esfera mágica?

La bola de fuego se disipó otra vez y reapareció más lejos aún. La joven no dudó en ir tras ella, impulsada por la curiosidad.

Pasó un largo rato, hasta que se percató de que el suelo estaba lleno de barro y el olor a humedad impregnó sus fosas nasales. Fue en ese momento cuando entendió que había entrado en los terrenos del pantano, y no sabía cómo volver a casa.

Otra esfera de llamas azules apareció, y su luz le dejó ver que había una persona a pocos metros de ella, oculta tras una capa.

—Ya veo que te has perdido, pequeña —dijo una voz femenina con calma—. Es lo que ocurre cuando sigues a los *fuegos fatuos*. Son espíritus malignos que habitan en este bosque y guían a las personas curiosas como tú hasta el pantano para que se hundan en él y alimentarse de su vida.

Anastasia no logró articular palabra, el miedo se había apoderado de ella, y tampoco lograba moverse para salir corriendo.

La mujer descubrió su hermoso rostro, pero lo que más llamó la atención de Ania fueron sus ojos: uno era azul muy claro y el otro negro como la noche.

—Tú eres la bruja del pantano… —masculló aun temblando, recordando las historias que le habían contado sobre la bruja que vivía en el bosque, con ojos de distinto color, que cazaba niños por las noches—. ¿Vas… a comerme?

—Ya veo que sabes quién soy. —Rio la mujer a carcajadas—. En ese caso no veo necesidad de ocultar mi verdadera forma.

Chasqueó los dedos y su cuerpo se deformó hasta mostrar a una anciana horripilante con dientes afilados; incluso su voz cambió por una más tosca y macabra, y lo único que se mantuvo fue el color de sus iris.

—Me encanta desayunar niñas de alta cuna como tú. —Se relamió la bruja—. Nada que ver con esos críos enclenques que vienen de la villa. Se nota que tú estás bien alimentada, y por eso serás más sabrosa.

Quiso gritar, pero de la garganta de Anastasia no salió el más mínimo sonido. Dio un paso atrás y cayó al suelo, sus piernas le temblaban tanto que no le sostenían. Cerró los ojos con fuerza cuando vio a la maléfica anciana abalanzarse sobre ella.

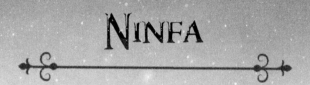

NINFA

—¿No te da la impresión de que ya hemos pasado por aquí? —inquirió Rina limpiando el sudor de su frente—. Estoy segura de haber visto ese árbol antes.

—Vamos bien —espetó Penélope con el ceño fruncido mientras se detenía y observaba el mapa garabateado que les había entregado el supuesto mago la noche anterior.

—Si lo dices así no suena muy convincente...

Una maliciosa risa les hizo dar un respingo a ambas, y una silueta enmascarada se detuvo ante ellas.

—Jamás llegaréis hasta la bruja —habló con una grave voz rasgada el hombre vestido de negro. Hizo una pausa y rio de nuevo—. No podréis romper la maldición.

Antes de que las chicas tuvieran tiempo de reaccionar, el vasallo de la bruja alzó el brazo y de sus dedos surgieron chispas que se convirtieron en rayos y salieron disparados hacia ellas.

—¡Cuidado! —exclamó Rina empujando a su pareja hacia un lado, hasta que ambas cayeron al suelo para esquivar el ataque.

Penélope se arrastró hasta ocultarse tras un robusto árbol mientras su compañera, a pesar de que aún era una simple aprendiz, sacó su libro de hechizos para enfrentar a su enemigo. Deslizó las páginas con rapidez y leyó el conjuro en latín, en voz alta, mientras una pequeña bola de fuego se formaba sobre la palma de su mano.

—¿De verdad piensas ganarme con esa cosita? ¡No me hagas reír! Solo sois unas niñas asustadas. —La sonrisa del hombre se extendió con malicia—. Con eso no me harás ni cosquillas.

Cuando Rina lanzó la esfera en llamas, su oponente la detuvo con gran facilidad tan solo levantando la mano, y con un chasquido de sus dedos el fuego se disipó al instante. La muchacha tragó saliva al comprender la gravedad de la situación y observó de reojo a Penélope; las marcas de la maldición se iban extendiendo con rapidez por todo su cuerpo y le impedían usar su magia, por lo que no podía contar con su ayuda para luchar.

Varios rayos fueron lanzados contra ellas y uno impactó contra el tronco del árbol, creando una brecha vertical que lo partió en dos. Penélope gritó asustada mientras se cubría la cabeza, justo antes de que una de las mitades del tronco cayera sobre ella. Cerró los ojos con fuerza mientras Rina corría hacia ella lo más rápido que le permitían sus piernas.

El estruendo del árbol hizo temblar el suelo al tiempo que Rina gritaba alterada.

—¡No! ¡Peny!

Mientras Rina estaba ocupada intentando socorrer a Penélope, el hombre de capa negra aprovechó para lanzar otro ataque directo, pero no lo consiguió. De pronto, sus brazos se vieron aprisionados por varias ramas que se enroscaban en su cuerpo.

—¿Qué es esto? ¿Qué está pasando? —gruñó bajo la máscara.

Cada vez más y más ramas le sujetaban hasta que quedó sumergido bajo una masa de madera y hojas, hasta formar una bola gigante a su alrededor. Se podían escuchar los gritos del hombre desde el interior.

La aprendiz, sorprendida, miró en todas direcciones intentando averiguar quién les estaba ayudando, pero no vio a nadie. Dio un salto hacia atrás cuando el medio tronco del árbol caído empezó a moverse, dejando ver bajo la madera otra especie de bola hecha de ramas y hojas. Se separaron despacio desvelando a Penélope, sin el más mínimo rasguño.

—¡Peny! ¡Estás bien! —exclamó Rina, y se lanzó sobre ella para abrazarla y besar sus labios, aliviada.

—¿Cómo has hecho eso? —Quiso saber la joven sin comprender.

—Yo no hice nada —negó Rina encogiéndose de hombros.

—He sido yo —se escuchó una voz aguda cercana—. No podía permitir que ese hombre siguiera dañando el bosque.

Penélope señaló hacia la rama de un roble que había a su derecha, donde una hermosa joven, que llevaba un vestido hecho con hojas verdes, les hablaba con gran calma.

—¿Un hada? —murmuró Rina ladeando la cabeza.

—¡No soy un hada! —exclamó la criatura con forma de mujer y enormes alas cristalinas—. Soy una ninfa, una deidad. Deberíais mostrar más respeto, humanas.

Las muchachas intercambiaron una mirada de desconcierto mientras ella descendía planeando desde lo alto hasta quedar ante ellas, que eran incluso de menor estatura que la ninfa.

—¿Vais a quedaros ahí calladas o me vais a dar las gracias por haberos salvado? —La ninfa las observó con detenimiento y arqueó una ceja.

—Gracias —respondieron ambas al unísono.

La ninfa dibujó media sonrisa en su rostro y les hizo un gesto con la mano, indicándoles que le siguieran, justo antes de darse la vuelta y caminar hacia el interior del bosque.

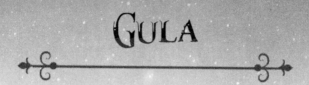

GULA

Ya comenzaba a atardecer cuando sus amigos estaban encendiendo el carbón para la barbacoa, mientras Lucía y Marcos se encargaban de preparar la carne y las verduras para la cena. Se alojaban en una pequeña casa rural en el macizo de Ándara, en los Picos de Europa de Cantabria. Era el primer año que elegían aquel sitio para su acampada anual y estaban muy emocionados por las vistas y el buen clima que les acompañaba, recién entrada la primavera.

Entre risas y cervezas recibieron una visita inesperada: un hombre con una frondosa barba y una camisa de cuadros rojos y negros les sorprendió cargando una extraña bolsa a su espalda.

—No deberíais estar aquí —gruñó con cara de pocos amigos sin tan siquiera presentarse.

Tenía unas cejas enormes que casi se juntaban sobre sus ojos castaños, y nadie pasó por alto el enorme cuchillo con funda de cuero que colgaba de su cinturón. Todos guardaron silencio y se miraron unos a otros confundidos.

—No le hagáis mucho caso. —Apareció detrás del leñador el dueño de las casas rurales, Francis, con una sonrisa—. Este es Álvaro, se encarga de la limpieza y mantenimiento de todas las cabañas y también se ocupa de los caballos.

El grupo respiró aliviado y continuaron con su barbacoa, a pesar de que Alicia no le quitaba ojo al hombre de la barba.

—Cuando caiga la noche tened cuidado con la Osa —insistió Álvaro malhumorado, como de costumbre, justo antes de dar media vuelta y desaparecer entre el boscaje.

—¿Osa? ¿Qué osa? —preguntó Marcos ladeando la cabeza mientras metía la mano en un barril lleno de agua y hielo, tratando de pescar otra lata de cerveza.

—La Osa de Ándara es un ser que habita en esta región y que sale por las noches. Es mitad mujer, mitad oso —esclareció Francis con cierto tono burlón—. Una historia antigua, pero que atrae a muchos turistas.

Después se despidió de ellos y les dejó la llave de uno de los cobertizos, por si querían hacerse con unos buenos trozos de leña para la chimenea.

Ya era de madrugada cuando la mitad del grupo, bastante afectado por el alcohol, decidió irse a la cama, dejando a Lucía y a Marcos solos junto a las brasas de la barbacoa. Él, con sus ojos escondidos tras unas finas gafas, se acercó más a ella y la rodeó con su brazo bajo la excusa de protegerla del frío. Ella, coqueta y con muchas cervezas encima, no se conformó solo con eso y le susurró al oído con voz perversa:

—En mi habitación seguro que podemos entrar en calor.

Sin dudarlo ni un instante, Marcos se levantó para ir detrás de ella, hasta que tropezó con algo que había en el suelo, o más bien con alguien, que gruñó por el golpe y murmuró algo incomprensible. Daniel se había quedado dormido en el suelo y nadie se había dado cuenta de ello. Le ignoraron y caminaron entre risas y besos hasta el interior de la cabaña.

Pasó un buen rato cuando la brisa helada y un profundo malestar le despertaron y se percató de que estaba solo a varios metros de la cabaña. Se cubrió la boca en un acto reflejo, se incorporó y le alejó un poco, hasta que no logró contenerse y terminó por expulsar por la boca casi toda la cena y el alcohol.

—Esto... me pasa por comer con gula... —se quejó Daniel tras limpiarse la comisura de los labios con la manga de la chaqueta—. Joder. Ya podían haberme despertado.

Un crujido a su espalda le hizo dar un brinco y se giró con rapidez: parecía que uno de sus amigos había regresado y estaba atacando las sobras de la barbacoa.

—¡Ya os vale! ¿Pensabais dejarme aquí durmiendo toda la noche? —se quejó sintiendo el frío hasta en los huesos.

La figura se giró hacia él, dejándole petrificado. No era nadie de su grupo, sino una mujer enorme, con ojos negros y enormes fauces, con unos afilados dientes con los que estaba devorando lo que quedaba de la carne. En lugar de manos, unas imponentes garras, y los brazos y piernas cubiertos por un extraño pelaje. Parecía un oso con cabeza casi humana. Daniel quiso gritar, pero su garganta se negaba a emitir sonido alguno y el miedo había paralizado su cuerpo impidiéndole huir.

La criatura, hasta entonces agazapada sobre la comida, se puso sobre dos patas. Superaba los dos metros de altura y su envergadura era intimidante, aunque no tanto como sus zarpas. Gruñó y se aproximó hacia él, nada contenta por haber visto interrumpido su festín.

Un disparo resonó en todo el paraje y la osa no tardó en salir huyendo con una velocidad increíble a pesar de su enorme tamaño, no sin antes enganchar de un mordisco la chaqueta del muchacho y arrastrarlo con él hacia el interior del bosque. Sus gritos irrumpieron en la oscuridad de la noche, y lo único que quedó atrás fue un charco de sangre.

—Os dije que no teníais que estar aquí —se escuchó la voz áspera de Álvaro, con su camisa de leñador, al tiempo que las luces del interior de la cabaña se encendían y todos se asomaban aterrados.

—¡¿Qué coño ha pasado?! —exclamó Sergio alterado.

—¿Qué eran esos gritos? —preguntó Lucía aterrada todavía a medio vestir, seguida de Marcos, que aún estaba subiendo los pantalones.

—Ella se ha llevado a vuestro amigo —dijo Álvaro recargando su escopeta, con una calma que inquietó al grupo—. Es cuestión de tiempo que acabe con él.

—¿Ella? ¿Quién? —Sergio bramó entre furioso y confuso, acercándose al hombre armado—. ¿Qué cojones ha pasado? ¿Dónde está Daniel?

—La Osa lo tiene.

Ana corrió hasta Lucía y ambas se abrazaron asustadas, dejando a los dos chicos adelantarse.

—¿Eso no era una leyenda? —murmuró una de ellas, temblando.

Álvaro se agachó para analizar las huellas y el rastro de sangre, seguido de Marcos y Sergio, que seguían sin comprender la situación.

—¿Nos estás vacilando, viejo?

—Cálmate, Sergio —intervino Marcos tratando de mantener la calma colocándose delante de su amigo para serenarle—. Tenemos que encontrar a Dani, y tal vez él nos pueda ayudar.

Todos centraron su atención en el varón de camisa de cuadros, que parecía ajeno a frío de la noche. Este se levantó y les dedicó una gélida mirada.

—Os ayudaré a encontrarlo, pero no puedo prometeros que siga vivo cuando demos con él.

HUECO

Emitió un leve gruñido al despertar. Tenía la garganta seca y un intenso dolor recorría su cuerpo. Estaba tendido en el suelo, todo estaba muy oscuro y una gran presión le impedía mover las piernas. Parecía encontrarse en una especie de cueva, y una enorme roca le aprisionaba de cintura para abajo. Trató de liberarse empujándola con sus manos desnudas, pero no le sirvió de nada. Vagos recuerdos surcaron su cabeza. Gritos, temblores en el suelo, una intensa lluvia de arena y piedras cerniéndose sobre él y sobre todo el equipo. Se sobresaltó y miró a su alrededor con angustia.

—¡Donna! ¡Hyde! ¡Mila! —exclamó recorriendo la pequeña cueva con sus ojos castaños—. ¿Estáis bien? ¿Podéis escucharme?

El miedo y la histeria se apoderaron de él. Comenzó a golpear todo lo que alcanzaba con sus puños y a gritar con desesperación clamando por ayuda, pero nadie respondió a sus súplicas. Su mano izquierda rozó algo extraño: era suave y blando, no podía ser una roca. Parecía una prenda, o puede que alguna de sus mochilas. Tiró del objeto, pero se hallaba preso bajo el mismo pedrusco que le impedía moverse. Buscó en el bolsillo de su chaleco, aún estaba la pequeña linterna que adornaba su llavero.

—Por favor. Por favor… —masculló al tiempo que pulsaba repetidas veces el botón de la linterna sin lograr que se encendiera—. ¡Joder!

Lanzó el objeto y, al rebotar contra la pared rocosa, se iluminó al fin mientras caía al suelo. El halo de luz se posó sobre la tela y los ojos del hombre se abrieron como platos al reconocer la prenda. Pertenecía a la chaqueta de Mila, no tenía la menor duda.

Clamó horrorizado, intentando mover la roca, maldiciendo en voz alta y gritando su nombre. Vislumbró un pequeño hueco entre las dos piedras, se asomó sin pensarlo e, iluminando el interior con la linterna, lo que encontró le revolvió el estómago. Solo alcanzó a ver la mano casi aplastada de su compañera, con su pulsera de oro, y sangre por todos lados. Lo poco que había ingerido en el desayuno salió expulsado por su boca violentamente mientras las lágrimas inundaban sus ojos.

Pasó un rato en silencio, recordando el momento del derrumbe de la cueva. Todo se desmoronaba a su paso mientras los cuatro corrían hacia la salida de la cueva. Justo antes de que aquella roca cayese sobre él, Mila le empujó hacia atrás para protegerle, pero ella no logró escapar. Se permitió sollozar un buen rato, deseando que al menos el resto de su equipo hubiera podido salvarse y regresar al campamento para pedir ayuda. Una especie de gruñido le alertó y su cuerpo se tensó. Agarró la linterna y apuntó con ella al fondo del túnel, donde le pareció ver una sombra moverse.

Otro ruido llamó su atención, era algo que conocía: agua. Una parte de las cuevas se encontraba bajo uno de los ríos que cruzaba Kioto, y el terremoto podría haber provocado que el agua del río Katsura comenzase a filtrarse y a inundar los túneles. James maldijo de nuevo en voz alta por su insistencia en llevarles allí para indagar sobre los misterios del tempo Tenryu-ji.

Pasaron las horas y el barullo del agua se escuchaba cada vez más cerca, hasta que pudo ver al fondo del estrecho pasadizo por el que se deslizaba. Sabía que no tardaría demasiado en subir el nivel y, estando preso, no tendría ninguna oportunidad de escapar. Gritó de nuevo pidiendo ayuda, y como respuesta silencio.

La ayuda nunca llegó, y el nivel de agua no tardó en alcanzarle. En pocos minutos no lograría alcanzar la superficie y todo empeoró cuando otro temblor sacudió la cueva. Una ola de agua dulce se abalanzó sobre él mientras las paredes rocosas se agrietaban. La roca que le aprisionaba cedió, lo justo para que él pudiera arrastrarse y liberarse, tiñendo el líquido de un notable carmín que emanaba de sus profundas heridas.

Buscó la superficie, pero se encontró con todo el túnel inundado, sin salida, y no lograría aguantar la respiración por mucho más tiempo. Una escalofriante silueta de afilados colmillos se aproximó, nadando hacia él. No logró distinguirlo con claridad; veía borroso, pero estaba seguro de que era la cabeza de un dragón. Solo podía tratarse de Seiryu, el dragón azul, el legendario protector de Kioto, cuya historia les había llevado hasta aquellas ruinas bajo el tempo. Existía de verdad. Extendió el brazo con la intención de comprobar si estaba soñando o si eran delirios por la falta de oxígeno, pero antes de alcanzar a rozar sus escamas, varias burbujas escaparon de su boca y cerró los ojos.

Abrió los ojos, sobresaltado: estaba en la superficie. Trató de incorporarse mientras buscaba en todas direcciones a la bestia sagrada con forma de dragón, pero solo encontró un pequeño rastro de escamas que desaparecían en la orilla del río.

QUIETUD

De nuevo halló todos los utensilios de cocina desperdigados por la encimera, incluso una cuchara de madera y un cazo colgando de la lámpara. La anciana inspiró hondo y se dispuso a reorganizarlo todo con tranquilidad.

—Estos duendecillos… La tienen tomada conmigo —susurró dibujando media sonrisa, asumiendo que algún tipo de espíritu o criatura mágica era el culpable de aquellas gamberradas.

Con todo limpio y ordenado, se acomodó en su mecedora de madera junto a la ventana y continuó tejiendo una preciosa bufanda morada; era su color favorito. Aunque le costaba cada vez más debido a los dolores de sus arrugadas manos, sentía tanta paz que no pretendía dejarlo.

Pasado un rato, un sonido hueco le hizo dar un respingo de su asiento.
—¿Qué podrá ser ahora?

Se incorporó despacio y deshizo sus pasos hasta la cocina. Una cacerola colgaba de nuevo de la lámpara, pero doña Moira no parecía sorprendida, tampoco enojada. Era una mujer de gran temple y nada ni nadie conseguía borrarle su sonrisa.

—Qué duendecillos más traviesos —rio mientras colocaba las cosas de nuevo en su lugar—. Voy a tener que daros un escarmiento.

Un extenso manto estrellado cubría ya el cielo en Kinsale, uno de los pueblos más bonitos de la costa oeste de Irlanda, y doña Moira Mac-Kenzie dormía plácidamente, hasta que el sonido de unos cascabeles provocó que abriera los ojos con lentitud. Una enorme sonrisa se dibujó en su rostro marcado por la edad y se deslizó hasta el borde del colchón para buscar sus pantuflas con la punta de sus pies. Caminó con calma hasta la cocina, donde el tintineo continuaba rompiendo el silencio de la noche.

Su trampa había funcionado, los caramelos que había puesto como cebo le resultaron irresistibles a la criatura, que quedó petrificada cuando la anciana se posó delante. Ella arqueó una ceja.

—Vaya… No pareces un duendecillo —comentó confundida sin desdibujar su sonrisa—. No temas, no tengo intención de hacerte ningún daño.

Era un poco más grande que la palma de su mano, con alas finas, casi transparentes, y la apariencia en un niño pequeño, solo que en tamaño diminuto.

—¿Acaso eres un hada? —preguntó rebosante de curiosidad, observando a la criatura aterrada al fondo de la jaula.

—¡No soy un hada! —reclamó con su voz aguda que le temblaba casi tanto como sus manos—. ¡Soy un *puck*!

—¿Un qué? ¿No es lo mismo?

Doña Moira abrió con cuidado la puerta de la jaula e introdujo la mano para agarrar a aquel ser, que intentaba huir sin éxito. Usó uno de los enormes botes de cristal, de los que utilizaba para dejar macerando el chucrut durante semanas, y metió a la criatura en su interior con cuidado. Cerró la tapa y le hizo varios agujeros para que pudiera respirar.

—Seguro que así dejas de desordenar todas mis cosas, granujilla —comentó animada la mujer atusándose su corta melena blanquecina.

La anciana se sentó tras depositar con cuidado el tarro en el centro de la mesa y se puso de tejer tarareando una canción mientras los primeros rayos del sol ya querían asomar por el horizonte. El puck pasó un largo rato golpeando su prisión de cristal, sin éxito, incluso trató de impulsarse y volar para golpear la tapa, pero solo consiguió darse en la cabeza. Aturdido, se sentó abrazando sus piernas y ocultó su rostro mientras sollozaba.

Un largo rato más tarde, la anciana se levantó y empezó a preparar el desayuno. Un intenso aroma a café inundó la cocina mientras ella encendía el fogón y colocaba una sartén sobre el fuego. La diminuta criatura entró en pánico y volvió a golpear el cristal con todas sus fuerzas.

—¡No me comas, por favor! ¡Soy todo huesos! Y… Y seguro que mi carne no sabe nada bien —habló de corrido, asustado.

En lugar de responder, doña Moira empezó a silbar al tiempo que usaba un afilado cuchillo para cortar un par de tiras de bacon.

Tras poner la mesa, su estómago rugió al oler aquel delicioso aroma, y dijo sonriente mirando hacia el puck:

—Es hora del desayuno.

Extendió el brazo y agarró el tarro mientras la criatura se revolvía en su interior y gritaba una y otra vez, suplicando que no le devorase. Una vez hubo desenroscado la tapa, giró el recipiente hasta que el puck cayó sobre un plato. No dejaba de patalear y gritar, con los ojos tan llenos de lágrimas que le impedían ver con claridad.

—¿Por qué lloras? —sonrió con inmensa tranquilidad la anciana—. ¿Acaso no tienes hambre? Si no te das prisa se enfriará tu parte.

Ella empezó a comer sin decir nada más. Precavido, el pequeño puck dejó de moverse y se limpió las lágrimas con las manos. Sus ojos se abrieron como platos cuando descubrió en el plato sobre el que se encontraba unos pedazos de pan tostado, cortados en cuadrados diminutos, junto con unas lochas de bacon del mismo tamaño, un pedacito de huevo y un dedal lleno de leche fresca a modo de vaso.

Se quedó paralizado, sin saber cómo reaccionar. Se pellizcó el brazo con fuerza para comprobar que no estaba soñando.

—Si se enfría no sabe igual —comentó con dulzura doña Moira.

—¿Vas a cebarme para después comerme? —inquirió el puck con desconfianza.

Las carcajadas de la anciana surcaron la sala, confundiendo aún más al pequeño.

—¿Qué tontería es esa? ¿Por qué iba a comerte, chiquitín? —hizo una pausa para respirar aún entre risas—. Dime, ¿qué eres? ¿Tienes nombre?

—Porque eres un ser y mi mamá dice que los seres se comen a los puck.

—¿Un ser?

—Un ser humano. Y claro que tengo nombre. —Se cruzó de brazos—. Me llamo Rascal, pero todos me llaman Ras.

—¿Sabes que esa palabra significa "bribón"? —rio ella de nuevo—. Encaja perfectamente contigo. Yo me llamo Moira.

Dicho aquello, el puck empezó a devorar su desayuno sin quitarle ojo a la anciana, no terminaba de fiarse de ella. En cuanto terminó, salto de la mesa y voló hasta posarse sobre el alféizar de la ventana abierta. Volvió la cabeza, pero ella no se había movido; continuaba tomando su tostada con inmensa tranquilidad.

—¿Por qué me has soltado? Después de todas las travesuras que hice… —preguntó Ras confundido.

—Porque me gusta sentir tu compañía —respondió ella con cierta melancolía—. Hace muchos años que mi marido se fue de este mundo, y a veces me siento muy sola. Pero desde que estás rondando por aquí estoy más animada, aunque tenga que ordenar las cosas cada dos por tres, y por eso quería darte un pequeño escarmiento. Mis huesos ya no están para tanto ajetreo, pero me gustaría estar acompañada el poco tiempo que me quede.

El corazón del pequeño Rascal se encogió al escuchar la sinceridad con la que la anciana pronunciaba aquellas palabras sin desdibujar su sonrisa, y dudó si salir volando por la ventana o quedarse para descubrir más sobre ella.

PUCK

SILURO

—Jamás podré ganar la competición… Es lo mismo cada año —se quejó Matt guardando el hilo de pesca en su mochila con desgana.

—No digas eso. Intenta ser más optimista. —Sonrió su compañera tratando de animarle—. Este año será diferente. Tienes lo que hace falta para ganar el torneo y lo sabes.

Como respuesta obtuvo un sonoro suspiro. Al percibir su desasosiego, Lua se abalanzó sobre él y empezó a hacerle cosquillas, tirando la caja con los diversos y coloridos anzuelos que terminaron por todo el suelo de la habitación. Después le besó en los labios y le susurró al oído:

—Le he pedido a la diosa Luna que te ayude a ganar.

A la mañana siguiente, cuando el sol apenas asomaba por el horizonte, todos los participantes estaban listos junto a sus barcas en el embarcadero.

—¿Estás preparado para volver a quedar segundo? —se burló uno de ellos, observando por encima del hombro a Matt, que trató de hacer caso omiso de sus delirios de grandeza—. Uno de los tuyos jamás podrá ganar. Serás el eterno segundón de asqueroso pelo afro.

Al escuchar aquella ofensa contra su característico cabello africano, Matt dio media vuelta, dispuesto a contraatacar, pero su mujer intervino antes de que tuviera tiempo de decir una palabra.

—¿Tienes algo en contra de nuestro pueblo, Maximiliam? Porque te recuerdo que fueron nuestros antepasados los que construyeron esta villa.

El hombre de mediana edad se atusó la melena repeinada y engominada mientras observaba el Rolex que adornaba su muñeca.

—No voy a perder mi valioso tiempo discutiendo con gente de vuestra calaña.

Antes de que Lua perdiese los estribos y le hiciera tragarse la caña de pescar que sostenía con la mano, Matt dio un tirón de su brazo y le empujó con delicadeza para encaminarse hacia su arcaica barca, heredada de su abuelo, quien la construyó con sus propias manos hacía más de cuarenta años.

El sol estaba en su punto más alto y Matt continuaba en su barca sin que un solo pez hubiera mordido el anzuelo. Las reglas eran las mismas cada año: aquel que pescase el pez más grande antes de que se pusiera el sol sería el ganador. Pero aquel día la suerte no parecía estar de su parte.

Despertó cuando unas gotas de agua helada mojaron su brazo. Se habría quedado dormido, y logró ver una extraña y enorme silueta con el rabillo del ojo. La sombra se desvaneció casi al instante. Se dijo a sí mismo que debía de estar soñando despierto y recogió el sedal, de nuevo sin pez alguno. Exhaló profundamente y volvió a probar.

El resto de participantes ya se dirigían al puerto y Matt se dispuso a recoger el sedal sin un solo trofeo que mostrar al regresar. En ese momento, el hilo de pescar se tensó: una enorme fuerza atraía hacia el fondo.

Tiró con todas sus fuerzas, y estuvo a punto de perder el equilibrio y caer al mar justo antes de lograr sacar el enorme pez del agua y meterlo dentro de la barca. Era un gigantesco siluro plateado. El pescador lo miraba atónito mientras el animal convulsionaba sobre la madera. Matt estiró el brazo para acariciar sus escamas relucientes y, en ese instante, el pez empezó a brillar, y el destello de la luz blanquecina le cegó. El tamaño del siluro se duplicó, después se triplicó, y así sucesivamente, hasta que fue tan grande que terminó por hundir la barca.

El pescador nadó aturdido y logró aferrarse a un pedazo de madera para no hundirse mientras el agua salada le golpeaba con furia. Una criatura monstruosa y más grande que una ballena le observaba. No estaba soñando, estaba ante un verdadero *Cirein-cròin*, la bestia devora hombres de la que hablaban las historias más temibles que había escuchado.

GRIMORIO DE BESTIAS

Banshee *(Pasillo)*

Las *banshees*, según la mitología celta, son hadas mensajeras de la muerte. Su nombre significa "mujer de las colinas" y es un espíritu femenino que, según el mito, aparece frente a las personas para profesar con sus llantos o alaridos la muerte de un familiar.

El aullido de la banshee es descrito como terrorífico, debido a que es un sonido tan perforador que puede quebrar incluso los vidrios.

Can Cerbero *(Alacena)*

Perro de tres cabezas que custodiaba la entrada del averno *(en la mitología griega)* o infierno *(en la mitología romana)*, impidiendo que entraran los vivos, y que salieran los muertos. Se lo representaba sentado a los pies de Plutón *(mitología romana)* o Hades *(mitología griega)*.

Yūrei *(Cerradura)*

Los *yūrei* son fantasmas japoneses. Como sus similares occidentales, se piensa que son espíritus apartados de una pacífica vida tras la muerte debido a algo que les ocurrió en vida, falta de una ceremonia funeraria adecuada, o por cometer suicidio; por lo cual deambulan como almas en pena.

Elfo *(Semilla)*

Los elfos son criaturas de la mitología nórdica y germánica. Originalmente se trataba de una deidad menor de la fertilidad, eran representados como hombres y mujeres jóvenes, de gran belleza, que viven en bosques, cuevas o fuentes. Se los consideraba como seres de larga vida o inmortales y con poderes mágicos.

Wendigo *(Granate)*

Es una criatura mitológica o espíritu maligno del folclore de las tribus Algonquin del norte de Nueva Escocia, la costa este de Canadá y la región de los Grandes Lagos de Canadá y en Wisconsin, Estados Unidos. El wendigo se representa como un espíritu monstruoso y malévolo, con algunas características de un ser humano o como un espíritu, que ha poseído a un ser humano y lo ha convertido otro wendigo.

Licántropo *(Colección)*

El hombre lobo, también conocido como licántropo o luisón, es una criatura legendaria presente en muchas culturas independientes a lo largo del mundo. Todas las características típicas de aquel animal —como la ferocidad, la fuerza, la astucia y la rapidez— son en ellos claramente manifiestas, para desgracia de todos aquellos que se cruzan en su camino. Según las creencias populares, el hombre lobo puede permanecer con su aspecto animal únicamente por espacio de unas cuantas horas, generalmente cuando sale la luna llena.

En el folclore y la mitología, un hombre lobo es una persona que se transforma en lobo, ya sea a propósito o involuntariamente, a causa de una maldición o de otro agente exterior, como mordedura de otro hombre lobo.

Hada *(Colección)*

Un hada es un espíritu fantástico humanoide. Según la tradición, son espíritus protectores de la naturaleza, pertenecientes a la misma familia de los elfos, gnomos y duendes. En la actualidad suelen ser representadas con forma de mujer *(aunque se sabe que también habría hombres)* con alas brillantes, parecidas a las de los lepidópteros.

Estos seres se caracterizan por tener forma humana con la habilidad innata de manipular la magia, con largos periodos de vida *(en algunos lugares siendo inmortales)* y permaneciendo invisibles u ocultos ante el ojo humano.

Dragón *(Pergamino)*

El dragón *(del latín draco, y este del griego, drákon 'serpiente')* es un ser mitológico que aparece de diversas formas en varias culturas de todo el mundo, con diferentes simbolismos asociados.

Hay dos tradiciones principales sobre dragones: los dragones europeos, derivados de las tradiciones populares europeas y de la mitología de Grecia y Oriente Próximo, y los dragones orientales, de origen chino, coreano, japonés, vietnamita y de otros países de Extremo Oriente.

Vampiro *(Pergamino)*

Un vampiro es, según el folclore de varios países, una criatura que se alimenta de la esencia vital de otros seres vivos *(usualmente bajo la forma de sangre)* para así mantenerse activo. En algunas culturas orientales y americanas aborígenes, esta superstición es una deidad demoníaca o un dios menor que forma parte del panteón siniestro en sus mitologías.

Sirena *(Jaula)*

Las sirenas son criaturas marinas mitológicas pertenecientes a las leyendas y al folclore.

En la Antigüedad clásica, se las representaba como seres híbridos con rostro o torso de mujer y cuerpo de ave que habitaban en una isla rocosa; a partir de la Edad Media adquirieron apariencia pisciforme: hermosas mujeres con cola de pez en lugar de piernas que moraban en las profundidades. En ambos casos se les atribuía una irresistible voz melodiosa con la que atraían locamente a los marineros.

Ángel *(Epitafio)*

Un ángel es un ser sobrenatural presente en varias religiones y mitologías, cuya función principal es servir a una deidad suprema. La palabra "ángel" viene de la palabra griega *angelos*, que significa "mensajero".

Centáuride *(Eufonía)*

En la mitología griega, el centauro es una criatura con la cabeza, los brazos y el torso de un humano y el cuerpo y las piernas de un caballo. Las versiones femeninas reciben el nombre de centáurides.

Fantasma *(Fantasma)*

Los fantasmas, en el folclore de muchas culturas, son supuestos espíritus o almas errantes o en pena de seres muertos que se manifiestan entre los vivos de forma perceptible *(por ejemplo; visual, a través de sonidos, aromas o desplazando objetos —poltergeist—)*, principalmente en lugares con los cuales presentan un vínculo; tales como los que frecuentaban en vida, o en asociación con sus personas cercanas, en el caso de las almas de los fallecidos.

Minotauro *(Diva)*

El minotauro es un monstruo de la mitología griega, con cuerpo de hombre y cabeza de toro. Su nombre significa "Toro de Minos", y era hijo de Pasífae y el Toro de Creta. Fue encerrado en un laberinto diseñado por el artesano Dédalo, hecho expresamente para retenerlo, ubicado en la ciudad de Cnosos en la isla de Creta. Durante muchos años, siete hombres y otras siete mujeres eran llevados al laberinto como sacrificio para ser el alimento de la bestia, hasta que la vida de este terminó a manos del héroe Teseo.

Gárgola *(Muslo)*

Las gárgolas, entendidas como seres pertenecientes a la mitología, nacen a raíz de una leyenda de principios del siglo VII en la que el dragón Gargouille, que vivía cerca del Sena, devastaba periódicamente la región.

Las gárgolas son monstruos mágicos muy feroces y de aspecto siniestro. Estas criaturas voladoras tienen alas de murciélago, los ojos incandescentes, unos pequeños cuernos y la piel muy dura y cubierta por una capa de mineral que les permite pasar desapercibidas en las fachadas de edificios

Selkie *(Aleta)*

En la mitología celta y nórdica, las *selkies (también silkies, sylkies o selchies)*, que significa «gente de las focas», son seres mitológicos con el poder del teriomorfismo, cambiando de forma de foca a humano al mudar su piel. Se encuentran en cuentos populares y mitología originarios de las Islas del Norte de Escocia.

Los cuentos populares con frecuencia giran en torno a *selkies* femeninas que son obligadas a tener relaciones con humanos por alguien que roba y esconde su piel de foca, exhibiendo así el motivo de cuento del tipo de doncella cisne.

Equidna *(Melodía)*

En la mitología griega, Equidna era una monstruosa ninfa que pertenecía a la estirpe de las Fórcides, o monstruos serpentinos femeninos. Llamada a veces Drakaina Delphyne, «vientre de dragona», es descrita por Hesíodo en su Teogonía como un monstruo femenino, con el torso de una bella mujer de temibles ojos oscuros pero cuerpo de serpiente.

Gorgona *(Tiza)*

En la mitología griega, una gorgona era un despiadado monstruo femenino a la vez que una deidad protectora procedente de los conceptos religiosos más antiguos. Su poder era tan grande que cualquiera que intentase mirarla quedaba petrificado, por lo que su imagen se ubicaba en todo tipo de lugares, desde templos a cráteras de vino, para propiciar su protección. Era una mujer guerrera, con la cabellera llena de serpientes, y una terrible mirada petrificante.

Shinigami *(Manicomio)*

En el folclore japonés, los *Shinigami (Dios de la Muerte)* son entidades sobrenaturales que llevan a los humanos a la muerte o, en algunos casos, inducen sentimientos de querer morir, comparable a la figura de la parca en la cultura occidental.

Valquiria *(Máscara)*

Las valquirias o valkirias son *dísir*, entidades femeninas menores que servían a Odín bajo el mando de Freyja en la mitología nórdica. Su propósito era elegir a los más heroicos de aquellos caídos en batalla y llevarlos al Valhalla, donde se convertían en *einherjar (grupo de guerreros de élite que sirvieron como el ejército principal de Asgard)*. Esto era necesario, ya que Odín precisaba guerreros para que luchasen a su lado en la batalla del fin del mundo, el Ragnarök.

Noppera-bō *(Señal)*

Los *Noppera-bō* toman generalmente la forma humana de una bella mujer. Son reconocidos principalmente por asustar a los humanos, pero son inofensivos. En un principio aparecen como humanos comunes, personificando a veces a alguien familiar a la víctima, y luego hacen desaparecer sus propias facciones, dejando solo un espacio en blanco en la piel donde su cara debería estar. Esto hace que las víctimas huyan despavoridas.

Cait Sidhe (Señal)

Los *Cait Sith* o *Cait Sídhe* son criaturas provenientes de la mitología escocesa o irlandesa. La palabra Cait significa "gato". Literalmente, Cait Sith o Cait Sidhe significa «gato hada».

Los habitantes de las tierras altas de Escocia no confiaban en el gato sith. Ellos creían que podría robar el alma de una persona antes de ser reclamada por los dioses si pasaba sobre el cadáver antes del entierro. Por lo tanto, esperaban lo que llamaban "Feill Fadalach" (el último despertar), origen del velorio ritual mantenido día y noche para que los gatos sith se mantuvieran lejos del cadáver antes del entierro. Los métodos de «distracción», tales como juegos de salto y lucha libre, hierba gatera, adivinanzas, y música, se empleaban para mantener a los gatos sith fuera de la habitación en la que yacía el familiar muerto.

Suzaku *(Pollo)*

Esta criatura sagrada del sur está simbolizada por el ave fénix y representa el elemento fuego y el verano. La mayoría de las ocasiones, esta bestia aparece como un brillante pájaro de color magenta envuelto en llamas. En la cultura japonesa es conocida como el Ave Bermellón y cuenta con una constelación propia en el cielo nocturno. Suzaku está representada en el santuario de Jonangu, al sur de Kioto.

Doppelgänger *(Reflejo)*

Doppelgänger es el vocablo alemán para definir el "doble fantasmagórico" o "sosias malvado de una persona viva". La palabra proviene de *doppel*, que significa "doble" y *gänger:* "andante". El término se utiliza para designar a cualquier doble de una persona, comúnmente en referencia al «gemelo malvado» o al fenómeno de la bilocación.

Drider *(Cuchillo)*

Un *drider* es un engendro proveniente de un *drow (elfo oscuro)* que ha sido repudiado por su diosa. La maldición los transforma en seres que mantienen la parte superior de drow, pero la parte inferior de su cuerpo es la de una araña gigante, normalmente de 8 patas.

Son seres agresivos, rápidos y fuertes. Sus mordiscos son profundos y venenosos. El carácter del drider es muy desagradable y, puesto que no son seres especialmente sociables, es habitual verlos solos o en compañía de alguna araña.

Duende *(Experimento)*

Los duendes son criaturas mitológicas fantásticas de forma humanoide, pero de tamaño pequeño, que están presentes en el folclore de muchas culturas. La etimología de su nombre proviene de la expresión *"duen* de casa" o "dueño de casa", por el carácter de los duendes al "apoderarse" de los hogares y encantarlos.

Kitsune *(Gremio)*

El Kitsune es una criatura mitológica muy popular en Japón, al que se lo relaciona estrechamente con Inari, la deidad japonesa de la fertilidad. Las leyendas lo describen como un animal astuto y sagaz, dotado de poderes sobrenaturales con los cuales hace sus travesuras.

La tradición indica que si un Kitsune tiene nueve colas, significa que tiene más de mil años de edad y que posee las habilidades más poderosas.

Fuego Fatuo *(Estirpe)*

El fuego fatuo es un ser malvado, de naturaleza óptica, que habita en pantanos y marismas.

Su apariencia es la de una bola de luz con un débil brillo, por lo que pueden ser confundidos fácilmente con alguna fuente de iluminación. Los fuegos fatuos pueden cambiar su forma y color a voluntad.

Ninfa *(Ninfa)*

En la mitología griega, una ninfa es una deidad menor femenina típicamente asociada a un lugar natural concreto, como puede ser un manantial, un arroyo, un monte, un mar o una arboleda.

La Osa de Ándara *(Gula)*

En la mitología cántabra (España) es un ser que habita los picos de Europa, en la región de Ándara.

Un paraje donde dicen las leyendas que habita este ser antropomórfico, visto desde el puerto de San Glorio. Es una mujer-osa, que desaparece con la llegada de las nieves, pero vuelve a aparecer con el buen tiempo para reanudar sus fechorías.

Tiene la cara de mujer madura, sin serlo, y algo desdibujadas las facciones, cuando se enfada bizquea; tiene unas manos enormes de color oscuro, es brava y forzuda, pero rara vez demuestra su agresividad. Su cuerpo está cubierto por un traje viejo y vulgar, los cabellos largos y de color oscuro, sus brazos y piernas están cubiertos del mismo pelo que tienen los osos.

Seiryu *(Hueco)*

El dragón azul que protege a Kioto desde el este también simboliza a la primavera y al elemento agua. El templo Kiyomizu de la ciudad de Kioto está dedicado a esta criatura fantástica. A la entrada se encuentra una fuente con forma de dragón de la que se debe beber justo a medianoche antes de iniciar una serie de ceremonias nocturnas en honor de la bestia mitológica que protege el este.

Puck *(Quietud)*

Puck es un hada mitológica o ser fantástico de carácter juguetón o travieso, del folclore de las Islas Británicas. Puck es también utilizado como una personificación generalizada de los espíritus de la tierra.

Cirein-cròin *(Siluro)*

Cirein-cròin fue un gran monstruo marino en el folclore gaélico escocés. Un viejo dicho afirma que era tan grande que se alimentaba de siete ballenas.

Los folclores locales dicen que este enorme animal puede disfrazarse como un pequeño pez plateado cuando los pescadores entran en contacto con él. Otros relatos afirman que la razón del disfraz era atraer su próxima comida: cuando el pescador lo atrapaba en su pequeña forma de pez plateado, una vez a bordo cambiaba de nuevo al monstruo y se lo comía.

Sobre la autora

Hola, soy Patricia Pereira, autora de este libro que acabas de terminar de leer (muchas gracias). Me gusta la fantasía y el thriller, influenciada sobre todo por la pluma de Stephen King.

He escrito La maldición de Leviatán, un thriller ambientado en España lleno de acción y misterio, y ahora estoy inmersa en la segunda parte a punto de terminarla.

Me puedes encontrar en redes sociales con el nombre de:
@patricia_pereira_escritora
www.patriciapereiraescritora.com

AGRADECIMIENTOS

Estas primeras líneas son para ti lector, que estás leyendo estas páginas y me has dado una oportunidad. Sin ti esto no sería posible.

Quiero agradecerle a Fer por todo su apoyo corrigiendo el libro y redactando tanto la sinopsis como el prólogo de este libro con su gran talento. Gracias buhito por animarme cada vez que me falla la inspiración.

También a Anita, por acompañarme en mi pasión por la mitología. A Laura, nuestra loba, por su apoyo incondicional. A María José, por nunca rendirse.

Al Fénix Club Literario, cuyo sello lleva con gran orgullo este libro. Gracias a Montse, la jefa, y a Paula, nuestra comisaria, por estar siempre ahí. Y a todos los miembros del club que me ayudan a seguir creciendo y escribiendo.

Muchas gracias a Ainhoa y Dani, por estar siempre al pie del cañón. A Maryanny, porque es una luchadora que nunca se rinde. A Dani, por estar siempre, a pesar de la distancia. También a Carlos por darme ánimos. Y a todas las personas que me han apoyado por el camino. Gracias.

TALETOBER

LEYENDAS OLVIDADAS

PATRICIA PEREIRA

Printed in Great Britain
by Amazon

23052239R00110